徳間文庫

幽霊から愛をこめて

赤川次郎

徳間書店

目次

三番目の足音

「ね、雪よ！」

と目の前へ手をかざす。

「ええ？　本当？」

もうひとりが空を仰いで、

「本当だ、降って来た。寒いはずね」

「寮に着いてから降ればいいのに……」

「文句いっても、しようがないわよ。ともかく急ごう！」

「うん」

ふたりの女生徒は、ほとんど小走りに近いほど足取りを早めた。雪でなくても、そうゆっくり歩く気にはなれない、寂しい道である。背の高い木立が、曲がりくねった道の両側に網目《あみめ》模様のように、裸の枝をからませながら、どこまでも続く。

「もう何時かなあ」

「九時三十五分よ」

と腕時計を見て、

「大丈夫、門限には間に合うわよ」

「でも佐伯《さえき》先生、オッカナイから……」

「平気平気。かえってビクビクしてるとだめなのよ。あたりまえの顔で、『ただいま帰りました』っていえばいいのよ」

「そう?」

さっきから心配で死にそう、といった顔をしているのは、加藤昌美《かとうまさみ》。その昌美を力づけているのは林田和江《はやしだかずえ》。ふたりとも十六歳である。

ひとつ、ふたつ、と数えられるほどだった雪は、見る見るうちにふたりの目の前をさえぎるほどの降りになった。乾《かわ》いた硬《かた》い地面に白い模様が描かれて、たちまち白一色のカーペットと化してしまう。

「降って来たわねえ……」

心細い声は、もちろん昌美のほうだ。

「もう少しよ。ほら、学校の明かりが見えて来た！」

「どこどこ？」

「ほら、あそこに黄色い光が見えるでしょ」

「本当だ！　もうちょっとね」

昌美も少し元気が出て来たようすで、

「さ、急ごう！」

と、ますます足を早めた。もういくらか降り積もった雪が、靴の下で、キュッ、キュッ、と音を立てる。

急に昌美が足を止めた。

「――何よ、どうしたの？」

と和江が二、三歩先でふり返った。

「だれか……」

「え？」

「いま、だれかが走って行った」

「どこを?」

「林の中。——あの辺の木の間」

昌美が指すほうへ和江も目をこらしたが、人影のようなものは何も見えない。

「だれもいないじゃない」

「でも確かに……」

「どんな人だった? 生徒?」

「違うわ。だって、白い服を着てたもの」

「白い服? この真冬に?」

和江が、まさか、というふうに、

「目がどうかしてたんじゃないの。雪が風に吹かれたのを白い服だと思ったんでしょ」

「おかしいなあ」

「さ、早く行こうよ」

和江に促《うなが》されて、昌美はまた歩き出したが、ものの数十歩と行かないうちに、

「キャッ!」

と悲鳴を上げた。

「どうしたの?」

と和江がふり向く。

「後ろに……だれかいる……」

昌美のほうは青くなって、後ろを見ようともせずに震えている。

「だれが?——だれもいないわよ」

「でも足音が聞こえたの! 本当なのよ!」

昌美は本気でいい張っている。

「わかったわよ」

と和江は、なだめるようにいって、

「じゃ、昌美、前を歩きなさいよ。ね?」

やれやれ、昌美ったら、本当に臆病《おくびょう》なんだから。和江は昌美の後ろを歩きながら、思った。こわい、こわいと思ってるから、ありもしない物が見えたり、足音が聞こえたりするんだわ。——もうだいぶ歩いてるわ。そろそろ門が見えて来てもいいころだけど……。

雪は音もなく降りつづいて、ふたりの視界をカーテンのようにふさいでいた。

雪が降るのを見ていると、なんだか自分のほうが空中へ浮かび上がって行くみたいな気がする。和江は灰色の空から舞い落ちる雪片の群れを見上げた。

「今夜はきっと積もるわよ、昌美」

といったが、昌美のほうはもう無我夢中で歩きつづけているばかり。和江は思わず笑ってしまった。そしてまた少し、足を早めたのだが——そのとき、和江の耳に、背後の足音が聞こえて来た。

気のせいか、と思った。かまわずに歩きつづけた。じっと耳をそば立てる。昌美の足音、自分の足音……。

だれかいる。三番目の足音がする。和江もさすがにゾッとした。しかし、クラス委員をやり、みんなに頼られているというプライドがある。大丈夫、なんでもないんだわ、と自分にいい聞かせる。きっとほかの生徒か、先生だ。

「声ぐらいかけてくれればいいのに……」

と呟《つぶや》いて、足を止め、ふり返った……。

「門が見えた！」

　昌美が飛び上がらんばかりに喜んだ。

「ああ、やっと着いたんだわ！　もう永久に着かないんじゃないかと思った。和江――」

　ふり向いて、昌美は口をつぐんだ。

　白い道が目の前にあった。白一色に埋《う》もれた道。――和江の姿がない。

「和江……。和江！」

　昌美は大声を上げた。

「どこなの？　和江！」

　なんの返事もない。黙々と降りつづける雪の合間に、昌美の声はむなしく吸い取られて行く。

「和江！　どこにいるの！　出て来てよ！」

　昌美はもう涙声になって叫んでいた。

「和江！　――和江！」

　風が起こって、雪が渦《うず》を巻いた。昌美は身を縮めると、クルリと向き直って、学校の門に向かって一目散に走った。そして、門衛の小屋へ通じる呼びリンの鉄の輪を狂ったようにめちゃくちゃに引っ張りつづけた。

昌美の後ろでは、雪が風の思いのままに吹き散らされ、舞い上がり、踊り狂っている……。


「バスが動かないんですって」

令子《れいこ》は待合室へもどって、父にいった。

「なんだと！　けしからん！　ちゃんと時間どおり動いてこそ路線バスといえるんだ！」

「パパったら、そんな無茶いって。仕方ないじゃないの。一面の雪なんですもの」

「冬になれば雪が降る。これはわかり切ったことだ。それになんの対策も立てておかんとは、明らかにバス会社の失敗だ！」

令子は黙って肩をすくめた。こういうときは何をいったってだめなのだ。狭い駅の待合室はバスに乗れない乗客で満員だった。令子は人いきれに息苦しくなって表へ出た。

思わず目を細める。一面の銀世界に、きらめくような太陽がまぶしく照り返して目を射るのだ。

「いい空気ね！」

　思い切り深呼吸をする。遠い山々にも白い雪が輝いている。汚《けが》れない新雪といったところだ。――ここは山梨の山岳地帯の一角である。ポツン、ポツンと数えるほどの人家。その間をくねくねと続く細い道……。だがいまはその道も、昨夜の雪ですっかり埋もれてしまっている。

「――もう十時か」

　腕時計を見て呟《つぶや》く。

「初日からだいぶ遅れそうだな」

　シャン、シャンと鈴の音が近づいて来る。見れば、いやに太った馬が、大きなソリを引いている。手綱《たづな》を取っているのが制服の警官というのがちょっと妙だ。

「なんだ、ありゃ？」

　いつの間にか父が横へ来ている。

「ソリね。――あら！　ね、パパ、ソリに『警察用』って書いてあるわ」

「なるほどな」

「パトカーじゃなくて、パト馬ソリね」

ソリは駅の前で停止した。――待合室にいた客の中から、背広姿の男がふたり、表へ出て来た。ソリを降りた制服警官がふたりに敬礼している。

令子は父と顔を見合わせた。

「パパの同業者のようね」

「それぐらい待合室へはいったときからわかっとったよ」

「本当?」

「疑うのか?」

「いいえ、とんでもございません、大宅《おおや》警部殿!」

令子はピンと立って敬礼した。

「あら! ――ね、あの刑事さんたちの話、聞こえた?」

「うむ? なんだ?」

「山水《やまみず》学園っていってたわ」

「本当か?」

「ええ、確かに、そういってたわよ」

「よし！」

と父が刑事たちのほうへ歩いて行くのを見て、令子は慌《あわ》てて、

「パパ、何するの？　パパ！」

「失礼」

警官がうさんくさい目つきで令子の父を眺《なが》めて、

「何か用か？」

「このソリは山水学園へ行くのかね？」

ふたりの刑事が顔を見合わせた。

「それが何か？」

「実はわしと娘は山水学園に行くつもりでな、けさこの駅へ着いてみると、バスが雪で動かんと聞いて困っておったんだ。余裕があったら乗せてってくれんかね」

「……これは公用車でね、悪いが一般の客を乗せるわけにはいかんのだ」

と刑事のひとりが説明した。

「そこをなんとか、同業のよしみで」

「同業？」

「わしは——」

証明書を見て刑事と警官の態度がガラリと変わった。

「し、失礼いたしました、警部殿!」

と慌《あわ》てて敬礼する。

「いやいや、わしは公用ではないからな」

「いえ、どうぞ、そうおっしゃらずにお乗りください!」

「そうかね……。じゃ、すまんが乗せてもらうよ。おーい、令子! おいで!」

「お荷物は私が!」

と警官が飛んで行った。

「——パパったら、職権濫用《らんよう》よ」

「なに、これぐらいはかまわんさ」

大宅警部は平然とソリに乗り込んだ。

「——すると何かね、山水学園の生徒が殺された、と?」

「はい」

大宅警部はのんびり走るソリの上で刑事から話を聞き、職業用の顔つきになると、

「くわしく聞かせてくれんか」

「はい！」

刑事は張り切って手帳を取り出した。

「被害者は林田和江、十六歳。高校一年であります。昨夜九時半ごろ、学友とふたりで町から学校へもどる道で姿を消したもので――」

「姿を消した？」

「はい。雪の中で、ふたりとも夢中で歩いていたらしいのですが、門へ着いてひとりがふり返ると、もうひとりの姿がなくなっていた、というわけです。学校側でも、行き倒れではないかと夜を徹《てっ》して捜索《そうさく》したのですが、ついに見つからず、けさになって警官と共同で一帯を捜したところ、道からおよそ百メートルはいった林の中で発見したのであります」

「道に迷って凍死《とうし》したというわけではないんだな？」

「はい。明らかに他殺です」

「いっしょにいた学友というのは何も気づかなかったのか？」

「はあ、それが興奮状態で、白い影がどうとか、足音がどうとか口走るばかりでして、さっぱり話にならんのです」

「落ち着くのを待ってじっくり聞き出すんだな」

「はい」

令子は道の両側に広がる林のほうへじっと目を向けた。

「白い影……なんのことかしら？」

「あ、警部殿、現場はこの少し先を林のほうへはいった所であります。ごらんになりますか？　死体はすでに運びまして解剖のほうへ回しましたが……」

「うむ」

大宅警部はちょっと考えてから、

「見せてもらおうか。どうせ遅れついでだ」

「まあ……お嬢さんにはあまりごらんに入れないほうが、と思いますが……」

「私のことならご心配なく」

令子はにこやかにいった。

「私も警察官の娘ですから」

「はあ」

刑事はすっかり感服《かんぷく》したようすで、

「いや、さすが、警部殿のお嬢さんともなりますと、心構えが違いますなあ！」

大宅警部は渋《しぶ》い顔で咳《せき》払いをした。

ソリは道をはずれて、木々の間を右へ左へと縫《ぬ》って進んで行った。大勢の足跡が雪の上を入り乱れている。百メートルほど行くと、直径十メートルほどの円形に縄の張った場所があり、警官がひとり立っていた。

「——あれです」

少し手前でソリを止め、みんな雪の上に降りる。

「昨夜は何時ごろ雪がやんだのかね？」

「もう明け方近くでした。四時過ぎだったと思います」

「そうか。ではどうせ犯人の足跡は消えていたろうな。しかし、それにしても——」

と大宅警部は顔をしかめて、

「なんともめちゃくちゃに踏み荒らしたもんだな」

「はあ。——最初に発見したのが学校関係者だったものですから。ワッと集まって来まして……」

大宅警部は縄をまたいで中へはいった。続こうとする令子を刑事が止めた。

「お、お嬢さんは、ごらんにならないほうが……」

「いいんだ、きみ」

大宅警部はふり返って、

「そいつの好きにさせてやれ」

「は、はい！」

円の中央に防水布が広げてあった。刑事がその布をめくると、雪が大きくくぼんでいて、中央にどす黒く淀《よど》んだものがある。

「血溜《ちだま》りか。――だいぶひどくやられたんだな」

「はあ。鋭い刃物で何度も突き刺したようです」

令子は眉ひとつ動かさずに、不気味な黒い池を見下ろしていたが、刑事のほうへ向いて、

「暴行されていたんですか？」

刑事は面食らってどぎまぎしながら、

「そ、それは――その、まだ検査中で――」

と口ごもった。大宅警部は苦笑して、

「こいつは殺人現場には慣れとるんだ」

といった。

「――さて、見る物もなさそうだな。行くか」

令子は周囲の木立を見回していた。

「なんだ、令子、どうした?」

「え? ううん、ちょっとね」

「おまえのちょっとは気になる。何かあったのか?」

「どうして犯人はこの場所を選んだのかしら?」

「道からずっとはいっているからだろう」

「でも、少し木立のまばらになった場所でしょ、ここは。どうして大きな木の陰とかを選ばなかったのかしら? それに、ここ少しほかより高くなってるみたい」

「ふむ。そういえばそうだ」

「わざわざ目立つ所へ死体を置いておきたかったように思えるわね」

「なぜだ？」

令子は黙って首を振った。

「さて、学校へ行くぞ」

大宅警部は父親にもどっていった。


「ようこそ、令子さん！」

その中年の婦人が優しくいった。

「私が校長の水元《みずもと》です」

「はじめまして、大宅令子です」

「まあ、とても利発そうなお嬢さん。私のことは『水元先生』と呼んでくださいな。校長って呼び名はきらいですの。なんだか偉《えら》ぶって聞こえますでしょ。――こちらおとうさまですわね」

「大変遅れまして。実は雪でバスが――」

「ええ、十分承知いたしております。さ、どうぞおかけください」

かつて修道院だった建物を改造して使っているだけあって、建物全体がどっしりと沈み込むように重く、石とレンガの造りで、廊下も薄暗い。冬の寒さに加えて、建物の中は、ほとんど陽がささないので、空気がひんやりとして、はいった瞬間には身震いが出そうだった。

水元校長は五十代半ばというところか。仕事に生きがいを見いだしている女性らしい、ちょっととがった、鋭い所がある。校長がこの学校の教育理念やら、基本方針を、早回しのテープのようなスピードでしゃべりまくっているのを聞き流しながら、令子はさっきの殺人現場のことを考えていた。ただ殺すだけなら、なぜあんなに何度も突き刺したのだろう……。

大宅令子は十六歳である。この学校には高校一年からの編入ということになる。すらりとしたからだつき、小柄だが、運動は万能だ。ちょっとおとなびた、理知的な美人。——あの父親から、よくこんなかわいい娘が、と人にいつもいわれる。

父親の大宅泰司《たいじ》は東京警視庁捜査一課のベテラン警部だ。仕事のせいもあるのかもしれないが、人間よりブルドッグに近い顔、と令子に評される。しかし人はいい。特に娘には甘いのである。——令子の母親は、まだ令子が小学生のころに病気で死んだ。令子は（幸運なことに）母親似なのだ。

校長室のドアがノックされて、

「失礼します」

と若い女性がはいって来た。シンプルなスーツを着て、キビキビした動きを見せる女性だ。二十四、五歳というところか。かなり有能な女性という印象を受けた。

「校長先生、警察のかたがお待ちですが」

「ええ、ええ、わかってますよ。――全く忙《いそが》しいものですから」

と大宅へ嘆《なげ》いてみせる。

「不幸な事件があったそうで……」

「まあ、もうお耳に？」

「いや、実はその刑事たちといっしょに来たものですから」

「ああ、そうですか」

水元校長はホッとしたようすで、

「もうそんなに話が広まったのかと思いましたよ」

どうやらこの校長先生、学校の評判に傷のつくのを心配してるらしいわ、と令子は思った。

「父兄のかたがたに不要なご心配をおかけするようでは、と思いましてねえ……」

校長は椅子から腰を上げて、若い女性へ声をかけた。

「笠原《かさはら》さん、こちらのお嬢さんをお願いね」

「はい」

校長が出て行くと、その若い女性は、令子にほほえみかけた。

「大宅令子さんですね」

「はい」

「私は笠原良子《よしこ》。校長の秘書兼庶務室長です。身の周りのことで何か不満などがあったら、私にいってくださいね」

「はい」

「じゃ、あなたの部屋へ案内します」

「はい。——それじゃ、パパ」

「ああ。おとなしくしとれよ」

「わかってるわよ」

「そのうち手に負えんといって追い出されないようにな」

「はいはい」

令子は笑って、

「パパも気をつけてよ」

暗い廊下を歩いて行くと、石造りの古風な階段がある。令子はいつかテレビで観《み》た『制服の処女』という古いドイツ映画を思い出した。そういえば、あれも全寮制の女子学校が舞台だったっけ。

二階の廊下をいちばん奥まで進むと、笠原良子は右手のドアをあけた。

「ここがあなたのお部屋よ」

「はい」

中へはいってみて驚いた。廊下とは打って変わって明るく、壁も柔らかいクリーム色の壁紙をはってある。

「お部屋は四人でひとつ。そこの二段ベッドの下の奥があなたのです。洋服はその戸棚、机はいちばん窓ぎわのを使ってね。明るくて、いい場所よ。机の二番目の引出しは鍵がかかりますから、私物を入れていいですよ。でも、タバコやアルコール類は禁止です」

まじめくさっていうので、令子は思わず笑ってしまった。

「笑いごとじゃないのよ」

と笠原良子はいっしょに笑顔になりながら、

「隠れてタバコを吸う子、こっそりワインを飲んでから寝る子が必ずいるの」

令子はドアのわきにある名前のプレートを見た。

「あら、笠原先生」

「何かしら？」

「名前がひとつあいてますけど。ここ、いまは三人しかいないんですか？」

「え、ええ……」

とためらいがちに言った。

「ひとりはね、きのう亡くなったのよ」

「あら、新入生ね」

「今日は」

「私、南条由紀子《なんじょうゆきこ》。ユッコと呼んでね」

「大宅令子よ」

これは気のおけない仲になれそうだわ、と令子は思った。由紀子は丸々とよく太った娘で、丸い顔に、また丸いフレームのメガネをかけている。かなり強度の近視らしい。

「私、おやつの余りは全部引き受けてあげるからね」

「そのときはお願い」

と令子は笑った。

「もうひとりの人は？　加藤昌美さんっていう……」

由紀子はちょっと声をひそめて、

「下でね、刑事と話してるの」

「え？　——ああ、それじゃ、殺された子といっしょにいたっていう人ね」

「そうなのよ。ちょっとヒステリーになっちゃってね」

「そりゃそうよ。あたりまえだわ」

「和江はすごくしっかりしてて、頼りになる子だったんだけどね……」

「殺された人ね」

「そう。――あんなにしっかりしてるのに殺されちゃうんじゃ、私なんかイチコロね」

「やめましょ、そんな話。きっと犯人はすぐ捕《つか》まるわよ」

「そうかしら？　でも通り魔でしょう、一種の？」

「そうね……。でも通り魔がこんな所まで来るかしら？」

「それもそうね。でも変質者の犯行にはちがいないって話よ」

令子はよく知っている。残酷な手口の犯罪はどれも変質者の犯行といわれるが、それはけっして外から来た未知の人間の犯行だという意味ではないのだ。

変質者はすぐ隣にもいるかもしれない……。

「あら昌美、終わったの？」

「ええ」

昌美は部屋へはいって来てから、やっと令子に気づいた。令子は努めて快活に、

「私、新入生の大宅令子。よろしくね」

「あら……。そうか、もともとここ三人だったんだものね。和江が死んで、あなたが来たのね……」

この娘《こ》はちょっと空想癖の強い、神経質な性格だな、と令子は思った。こういう娘の証言は相当割り引いて聞かねばならない。嘘をつく気はなくても、知らず知らずのうちに空想で事実を補《おぎな》っているのだ。

「大変だったわね、きのうは」

「お話にならないわ！」

昌美は腹を立てているようすだった。

「何を怒ってんのよ？」

と由紀子がきいた。

「あの刑事たちときたら、私のいうこと、ちっとも聞こうとしないんだもの」

「それは変ねえ」

令子は調子を合わせて、

「あなたがただひとりの証人なのに」

「そうよ！　そうなのよ！」

昌美は味方を見つけたとばかりに喜んで、

「そんな簡単なことがわかんないのよ、あの連中！」

由紀子が口を挟《はさ》んだ。

「そりゃ、昌美が幽霊を見たなんていうからよ」

「――何を見たって？」

思わず令子はきいた。

「幽霊よ！」

昌美は手を握《にぎ》り合わせて、

「私、幽霊を見たの。この目ではっきりと見たのよ！」

「それは――和江さんがいなくなる前？　あと？」

「前よ」

「それで、どんな幽霊だったの？」

「白い布をまとって、長くひきずってたわ。林の中の木から木へ、信じられないようなスピードで動いて行くの。私、和江にいったんだけど、和江も信じなかった……」

昌美は首を振った。

「あなたのせいじゃないわよ」

と令子は慰めた。――白い幽霊か。昌美の空想の産物、といっていえないこともない。しかし、令子は、『白い』という言葉を昌美が強く発音していることに気づいていた。ともかく『白』というイメージが昌美の頭に強く残っているらしい。――少なくとも彼女は、林の中に、何か白い物を見たのではないだろうか……。


「女子高校生が幽霊に殺されたって記事、読んだか？」

電話の向こうで、週刊誌の編集長がどなった。

「そんな大声出さないでくださいよ。二日酔いで頭痛なんだから」

新村誠二《にいむらせいじ》はしかめっつらで文句をいった。

「女子高校生が幽霊に殺された？」

「そうだ。地方版の新聞だがね」

「読んでませんね。ぼくの見るのはテレビ・ラジオ欄だけでして」

「フリーのカメラマンがそんなことじゃいかんよ」

「はあ」

「どうかね？　おもしろい記事じゃないか」

「幽霊が女子高校生に殺されたっていうんだと、もっとおもしろいんですがね」

「ばかも休み休みいえよ！　この件をちょっとほじくってみてくれんか」

「旅費は前渡ししてくれますか」

「いいだろう。だが出発前に飲んじまうなよ」

「大丈夫ですよ」

「場所は、山梨の山の中だ。山水学園という全寮制の女子校がある。その生徒が殺されたんだ」

「山水？」

「知っとるのか？」

「どこかで聞いたような気がするんですが……。そうだ！」

「おい、突然でかい声を出すな！」

「ちょ、ちょっと、その殺された女学生の名前は？　なんていうんです？」

「ええと……林田和江と出とるな」

　誠二は大きく息をついた。

「そうですか……」

「どうかしたのか？」

「いえ、なんでもありません」

「じゃ頼むよ。その幽霊ってやつの写真がとれたら特別手当だ」

「任《まか》せてください！」

急に元気づいて、誠二は飛び上がった。

「彼女に会えるぞ！」

誠二は、ことし二十四歳のカメラマン。実はひそかに大宅令子に恋心をいだいていたのに、彼女が全寮制の学校へ行ってしまったので、昨夜はやけ酒、おかげでけさの二日酔いという次第。

しかし、事情が一変して、勇躍《ゆうやく》、旅行の準備にかかった。頭痛はきれいさっぱり消え去って、つい口笛さえ出る気分。

これから自分がとんでもない事件の渦中《かちゅう》へ飛び込んで行くのだとは知る由《よし》もなく、誠二は愛用のニコンFを携《たずさ》え、ボロアパートを、わずか十分後には飛び出したのである。

クリスマスの惨劇

〈メリー・クリスマス！〉

懐中電灯を大きな飾りつけの文字へ向けて、ガードマンの寺田《てらだ》は、

「――さて、行くか」

と呟《つぶや》いた。

東京・新宿駅西口のNデパートは、昼間の混雑がウソのように静まりかえっていた。

年末は、いつも戦争のような忙しさだ。クリスマス・セールが終わるとお正月用品。それが大晦日《おおみそか》の三十一日まで続くのだから、ガードマンとしても気が抜けない。しかし、昼間、まるで満員電車のように人が溢《あふ》れた特売場で、万引きやスリに目を光らせているよりは、こうして夜中にデパートの中を見回るほうが、ずっと気楽だった。

業務用のエレベーターで、まず一番上の八階まで上り、一階ずつ回りながら階段で

降りて来る。これが寺田の手順である。

エレベーターに乗り込む寺田を、天井から針金でつり下げられた大きなサンタクロースが見送っていた。

八階は食堂が大部分を占めているので、調理場のガスの元栓《もとせん》、火気を厳重にチェックする。寺田はもう五十歳になるが、かつて警官だっただけに、見回りもていねいで、厳しく、けっして手を抜くことはなかった。

七階、六階……。見回りはなんの異常もなく、順調に続いた。

寺田は三階の婦人服売場へ降りて来た。警官だったころに、ずいぶん危ない目に会って来て、どんな相手だろうとけっして恐れはしない寺田だったが、いつもこのフロアに足を踏み入れると、背中がゾクッとするのを抑《おさ》えられない。

照明は消されて、ただ小さな常夜灯《じょうやとう》がかすかな光を投げている。そのほの暗い中に、白い布の林がどこまでも続いていた。マネキン人形に全部白い布をかけてあるので、そう見えるのだが、それはまるで白い幽霊が立ち並んでいるようで、あまり気持ちのいいものではない。——懐中電灯の光の具合で、その布がときどきフッと動くように見えることがあり、思わずギクリとするのだった。

　しかし、寺田は仕事に忠実な男である。実際に回りもせずに、見回ったような顔をすることはしない。ただ、自分でもそうと知らずに、足取りが早くなっていた。

　静まりかえったフロアに、寺田の靴音だけがコツコツと響いて、懐中電灯の光の輪が、忙しく右へ左へと無言の踊りを続ける。ちょうどフロアの中ほどまで来て、寺田はホッと足を止め、ひと息ついた。

「異常なし、だな……」

　わざわざ口に出していってみるのも、心細さを忘れるためだった。――さて、早くすませてしまおう。

　そのとき、寺田は斜め後ろに、ヒタヒタと駆ける足音を聞いて、ハッとふり向いた。

「だれだ！」

　叫ぶと同時に、懐中電灯を向ける。――が、だれの姿も見えなかった。空耳か？

いや、確かに、足音が聞こえたのだ。気のせいではない。運動靴か何か……ゴム底の靴のような音だった。

　寺田は音のしたほうへ見当をつけて、用心しながら歩いて行った。ちょうどエスカレーターの昇り口の正面に、白樺の林が作られて、最新のモードをまとったマネキン人形たちがその木の間を散歩している、といった格好になっているのだが、いま、寺田はちょうどその人工の白樺林のあたりへ出て来て、懐中電灯の光を投げかけた。ここでも、人形たちは白い布の下で眠っている。

寺田は用心深くあたりへ目を配りながら、その周囲をゆっくりと回った。

「――妙だな」

と呟《つぶや》く。だれの姿もないのだ。普通ならば、ここで気のせいだったのかと自分を納《なっ》得《とく》させて引き上げてしまうのだが、寺田には永年の警察勤めのカンというものがあった。どうも何かありそうな気がしてならない。

寺田が向きを変え、白樺林に背を向けて懐中電灯の光を届く限りほうぼうへ投げかけてみているとき、白樺林の間に立っていた白い布のひとつが、動き出した。――それはゆっくりとした動きで、よほど注意して見ないとわからないほどだったが、しかし確かに音もなくジリジリと動いていた……。

「畜生、どこにいやがる……」

と寺田が息をついたときだった。背後でドシンと物の倒れる音がして、寺田は飛び上がった。すばやく光を背後へ向ける。

マネキン人形のひとつが林の中に倒れていた。もちろん白い布をかぶったままだ。だがマネキン人形はそう軽くはない。簡単には倒れないはずである。――だれかが倒したのだ。さらに周囲をくわしく調べようと、動きかけて、寺田の目は倒れた人形に釘づけになった。白い布の真ん中に、ポツンと赤い点が見えた。どうやら何かのシミのようだ。しかしいったいどうしてそんな所に……。

寺田は一瞬身震いした。赤いシミは徐々に広がりつつある。錯覚《さっかく》ではない。確かにはっきりそれとわかる速度で広がって行くのだ。

このとき寺田は警官にもどっていた。人工の林の中へそっと足を踏み入れると、足元を懐中電灯で照らしながら、ゆっくり倒れた人形のほうへ近づいた。そしてかがみ込むと、白い布を静かにめくった……。

「メリー・クリスマス！」

「メリー・クリスマス、ユッコ！」

令子は南条由紀子とシャンパンのグラスを触れ合わせた。

「あなたずいぶん飲んだじゃないの」

「まだまだこれぐらい平気よ」

と由紀子はシャンパンを一気に飲みほして、

「さて、もう一杯やろうっと」

「ユッコったら、先生から三杯までっていわれたでしょ」

「こんなの、サイダーと同じじゃない。私、家にいたころはワイン、ガブガブ飲んでたんだから！」

由紀子が空《から》のグラス片手に、ホールの奥のテーブルのほうへ行ってしまうと、令子はフウッと息をついて、ほてった頬に手で触れてみた。

山水学園のクリスマス・パーティーも、いまやたけなわってところね。――男の子抜きじゃ、なんとなし物足りないけど。そういえば、誠二さん、どうしてるかな。私にのぼせ上がってて、よくプレゼントくれたっけ。おもしろい人だったけど……。

十二月二十四日の夜である。二学期もきょうで終わり、学校としては冬休みにはいるのだが、ここの生徒の父兄たちは、大部分が海外勤務や外交官で、一年中日本にいないので、令子を初め、ほとんどの生徒たちが家へは帰らずに、この学園で正月を過ごすことになる。

ただ、中にはやはり何人か帰宅する生徒もいて、そのために、クリスマス・パーティーをこの晩に開いているのである。

古めかしい殺風景《さっぷうけい》なホール——毎朝、朝礼のある講堂のことだ——も、精いっぱい華やかに飾りつけられて、ロック調にアレンジされたクリスマス・ソングが鳴りわたっている。周囲のテーブルには生徒たち手作りのサンドイッチやピザ、ケーキなどが盛られているのだが、パーティーが始まってまだ一時間もたたないのに、もう空になった皿もあって、売れ行きは大したものだった。ホールの中央では、半数近くの生徒が身のこなしも軽快に踊っていて、先生たちもむりやり中へ引っ張り込まれ、慣れない手つき足つきで、てれくさそうに踊っている。

学友のひとりが無残な殺され方をして、まだ半月とたっていないのに、もう学校の中に、重苦しい空気は残っていない。——クヨクヨ考えてたって、仕方ないじゃないの。みんなそう思っているのだろう。本当に、それはそのとおりだ、と令子は思った。ただ、犯人の手がかりが全くないというのが、気になるところだ……。

踊っている生徒たちの間に、ワッと歓声と拍手が起こった。見れば——あの厳格な水元校長が踊っているのだ！　ぎごちない腰つきがなんともおかしい。それも、まるで生徒に訓示《くんじ》を垂れているときのような、まじめくさった顔なので、なおさらケッサクなのである。生徒たちの間で笑い声が湧《わ》き上がるのも耳にはいらない、といったようすで、校長は必死にリズムに乗ろうとしている。

令子も吹き出しそうになるのをこらえながら、あの厳しい校長が、生徒たちには割合人気があるわけがわかるような気がしていた。

山水学園は、中学・高校の六学年、それぞれ一クラスずつで、生徒数は大体一クラス平均二十名。だから全校でも百二十名の生徒である。全寮制ということもあって、生徒数はこれ以上ふやせないようだ。それだけに料金も相当に高い。だから、世間並みにいえば、かなり金持ちの家庭のこどもが多いわけで、学校の雰囲気も、どこかのんびりしている。大学受験のことなど、みんなてんで頭にないようすだった。

「洗練された教育」をモットーとする学園にとって、林田和江が殺された事件は大変なショックだったわけだが、それでも娘を退学させるという親がひとりもいなかったことは、校長をさぞホッとさせただろう。もっとも、親たちがほとんど日本にいないのを考えれば、校長が、インタビューに来た新聞記者に強調したように、それが父兄の学園への信頼の厚さを証明するものだとは、必ずしもいえないだろうが。

「――令子」

「あら、昌美。踊らないの？」

「そんな気になんかなれないわよ」

昌美はブスッとむくれ顔で、踊っている生徒たちのほうをにらんだ。ほかの生徒たちが殺人事件のことを、少なくとも表面だけは忘れ去っているのに、この昌美だけは相変らず毎日ふさぎ込んでいる。令子としても、同じ部屋にいるだけに、できるだけ由紀子とふたり、明るい話題で昌美を仲間に入れようとするのだが、昌美はけっしてふたりの話に加わろうとはしないのだった。

それも無理はないのだが……。

「ね、昌美、シャンパン、飲む？」

昌美はちょっとためらってから、

「うん」

とうなずいた。

「じゃ持って来てあげるわ」

と令子が歩き出そうとすると、

「大宅さん！」

と声がかかった。ふり向くと、笠原良子が急ぎ足でやって来た。

「おとうさまからお電話がかかってるわ」

「まあ、父からですか？」

いったい何事だろうか。昌美が、

「私がシャンパンもらって来ておいてあげるわ」

「悪いわね」

「じゃ、二階の電話へつないでおきますからね」

と笠原良子がもどって行く。

「すみません」

令子は小走りに階段を上って、二階の廊下にある電話の受話器を取り上げた。

「もしもし。パパ？」

「令子か。どうだ、元気か？」

「元気よ。いったいどうしたの？　私に会いたくって泣いてたんでしょ」

「親をからかうやつがあるか！」

電話の向こうで聞きなれた笑い声がした。

「実はな、ゆうべ、新宿のNデパートで死体が見つかったんだ」

「デパートで？」

「夜、見回りしていたガードマンが見つけたんだが……」

「他殺なの？」

「胸を鋭い刃物でひと突きだ」

「へえ。……でも、どうしてわざわざ電話して来たの？　何か妙なことでもあるの？」

「うむ。――ちょっとな」

「それは私のセリフよ、パパ」

「ま、こういうわけなんだ、実は――」

「ちょっと待って、パパ」

「なんだ？」

「この電話、家からかけてるの？」

「いや、署からだ。なぜだ？」

「ううん。家からだったら、電話代が心配だから、こっちからかけ直そうかと思ったの」

「つまらんことを心配するな」

「だって、ここの月謝だって高いし、パパのお給料はたかが知れてるし……」

「なんてこというんだ、バカめ！」

「ま、それはともかく、どんな事件だったの？」

「うん、それがだな……」


大宅警部がNデパートの現場へ駆けつけたのは、深夜、二時近くだった。都心とはいえ、底冷えのする寒さ、分厚いコートに皮の手袋の完全装備だったが、それでも手足はかじかんで、すっかり感覚を失っている。デパートに品物を納めるトラックが出入りする裏口のわきに、社員用の通用口があって、そこに数台のパトカーが停まっていた。

「やあ警部！」

声をかけて来たのは、大宅警部の部下、藤沢《ふじさわ》刑事である。

「やあ、早いじゃないか」

「家が近いですからね。寒いでしょう。どこか近くの深夜喫茶でコーヒーでも飲みますか？」

よく気のつく男なのはいいが、年寄り扱いされるのは大宅にはおもしろくない。

「なに、大丈夫だ。それより早く現場を見よう」

と強がりをいって、

「案内してくれ。売場のほうなのか？」

「はい。三階、婦人服売場です」

「また変わった所で殺されたもんだな」

と大宅は歩きながらいった。

「現場をご覧になったら、変わってるどころじゃすまないのがわかりますよ」

藤沢は三十歳。大宅がずんぐり型のからだに苦虫《にがむし》をかみつぶしたような顔つきなのと対照的に、藤沢は一メートル八十に近いスマートな長身、ちょいと甘いハンサムなマスクの独身青年である。

「あ、警部、そっちは階段ですよ」

「ん？　――三階だろう？」

「こっちに業務用のエレベーターがありますから」

大宅は藤沢をジロリとにらみつけた。

「わしはまだそんなトシではないぞ！」

とドタドタ階段を上って行く。

「――被害者は若い娘です」

あわててあとを追いながら、藤沢が説明する。

「まだ身元はわかっていませんが、そう手間はかからないでしょう。十六、七歳の娘で、セーラー服を着ていました。その制服がどこのものかわかれば……」

「凶器は？」

「鋭い刃物――たぶん先の尖《とが》ったナイフのようなもんだろうと検視官の先生はいってますがね」

「死亡推定時刻は？」

「十二時前後だろうってことです」

「まだそれほどはたっていないわけだな」

「ええ。しかもガードマンが死体を発見したのが十二時半ごろなんです」

大宅は階段の途中で思わず足を止めた。

「すると――おい、犯人はこのデパートの中にまだいるかもしれんぞ！」

「警部もそう思われますか」

「そう思うかじゃない！」

大宅はどなった。

「すぐ出入口を厳重に警戒させて、屋上や建物の周囲に警官を――」

「実は、もうやらせました。ぼくの権限でそこまでやるのはどうか、とも思ったんですが、犯人を逃がしてしまっては、取り返しがつきませんし。――出すぎたまねをしてすみません」

大宅はニヤッと笑って、

「よくやった！」

とうなずいてみせた。

「よし、二、三人ずつで三つのグループを作って、デパートの中を隅から隅まで捜すんだ。たとえ犯人はつかまえられなくても、手がかりぐらいは見つかるだろう。――

きみが指揮を取れ」

「ぼくがですか？　——わかりました！」

藤沢は心からうれしそうにいった。

三階だけは照明がつけられて、その明るさが目にまぶしかった。大宅は死体発見の事情を藤沢から聞いた上で、現場を見た。

「ふん……。確かに妙な殺しだな」

死体は造り物の白樺林の奥に、白い布を取りのけられて横たわっていた。若い——まだあどけなさの残る娘だった。令子と同じぐらいの年齢だ、そう思うと、警官としてだけでなく、娘を持つ父親としての怒りが湧《わ》き上がって来る。

「やあ、警部」

眠そうな目をパチパチさせながら、不景気なヤブ医者といった感じの、白衣の男がやって来た。検視官の酒島《さかしま》だ。

「やあ、どんな具合だ？」

「若い女の子の死体を視《み》るのは、あんまり気分のいいもんじゃないな」

「こっちもご同様さ」

「手首に縄の跡があったよ。縛《しば》ってここへ連れて来て、刺し殺したんだな」

「わざわざデパートの中へか？」

「妙な話だな。その謎を解くのはおまえさんの仕事だろう」

大宅は現場をゆっくりながめ回した。ガードマンの話から考えると、犯人は死体に白い布をかぶせたところで、ガードマンが近づいて来たので死体をかかえて立たせ、マネキン人形と思わせておいて、ガードマンが後ろを向いたすきに、死体を倒れるに任せてすばやく逃げたものらしい。

しかし、いったいなぜこんな場所まで、被害者を運んで来たのだろうか？　どう考えても理屈に合わない。真夜中のデパートには確かに人はいない。しかし忍び込んで、三階まで上って来るだけでも容易なことではないだろう……。

地元のS署の刑事たちが手分けして三階の隅から隅まで調べ回ったが、犯人の手がかりらしいものは見つからなかった。そうこうするうちに、デパートの経営者が青い顔で駆けつけて来て、クリスマス・セール、年末大売出しと続くこの時期に、こんな事件で店をしめては大損害だ、なんとか平常どおり開店させてほしい、と大宅の前にひざまずかんばかり。大宅は上司に話しておくからと約束して、やっと逃げ出した。

「やれやれ……」

こいつは、令子がいたら大喜びしそうな事件だな、と思った。――そして少し離れた場所から、もう一度現場をながめたのだが……。


「それで、どうしたの？」

いまは廊下の寒さもまるで気にならない。令子は父が電話で話してくれる事件に夢中で聞き入っていた。

「捜索したが犯人はもちろん、手がかりらしいものも、何ひとつ見つからなかった」

「そりゃそうでしょ。でも、パパが私にこうやって知らせて来るからには、何かあるんでしょう？」

「ああ、そうなんだ。いや、ちょっとばかげていると自分でも思うんだが……」

「なんなの？」

「うむ……。実は、現場をながめていて、フッと妙な気がしたんだ」

「どういうこと？」

「これとよく似た光景をどこかで見たことがある、という気がしたのさ」

「よく似た光景？」

「そうなんだ。作り物ながら林があり、下は発泡《はっぽう》スチロールを砕《くだ》いた白い雪、その奥に死体……」

「待って！」

令子は思わず叫んだ。

「それは……和江さんのことをいってるの？　林田和江さんが林の中で殺されてた……」

「そうなんだ。いや、全くの偶然だってことはわかってる。しかし、一瞬ギクリとしたのさ。どちらも殺されたのは女学生で、刺し殺されている。年齢も同じ十六だ」

「その人の身元、わかったの？」

「ああ。名前は三好《みよし》めぐみというんだ。きのうの夕方、友だちと映画を観て来るといって家を出たきりゆくえ不明になっていた。その友人が待ち合わせ場所に彼女が来ないので、心配して家へ電話したので、家族がびっくりして警察へ届けたってわけだ。犯人の心当たりは全くない、ということだった」

「その人と和江さんとの間に、何かつながりはあったの？」

「いや、一応調べてみたが、わかった限りでは何もない。まあ、全くの偶然だとは思うがね」

令子はしばらく黙り込んだ。

「——令子。おい、令子」

「え?」

「急に黙っちまって、どうした?」

「いえ、ちょっとね」

「また、おまえの『ちょっと』が始まったな」

「からかわないでよ! ね、パパ、和江さんの事件は東京の新聞に、どの程度出たの?」

「そうだな……。まあ、一応はどの新聞にも出ていたが、そう大きな扱いでもなかったな。現場のくわしい状況までは、どの新聞も載《の》せていないよ」

「そう……。ねえ、ほとんど可能性はないと思うけど——」

「なんだ?」

「ここの警察へ、事件のことを聞きに来た人がいなかったかどうか、調べてみたら?

報道関係の人以外で、たとえば東京あたりから来たらしい人とか……」

「そうか！　その手は思いつかなかったぞ！　よし、さっそくそっちの警察へ問い合わせてみる」

「何かつかめるといいわね」

「そうだな」

とひと息ついて、

「令子、そっちの生活はどうだ？」

今度は父親の声になる。

「楽しいわ、とっても。今夜はね、クリスマス・パーティーなのよ」

「そいつはおもしろそうだな。先生がたによろしくいってくれ」

「ええ、わかったわ。じゃ、また何かあったら知らせて」

「ああ、いいとも。じゃ元気でな」

「さよなら、パパ。愛してるわよ」

「ばかをいうな！」

令子が笑って受話器を置こうとしたとき、カチリ、という音がした。――一瞬、令子は立ちすくんだ。そして受話器をほうり出すように置くと、廊下を一気に走り抜けた。階段を飛ぶように駆け降り、一階の廊下を全速力で走る。受話器から聞こえた、あのカチリという音。——一階の親電話で、だれかが令子と父の電話を盗み聞きしていたのだ！

令子は親電話のある庶務室へ飛び込んだ。そこにはもう、人っ子ひとりいなかった。

パーティーの会場へもどると、今度はやや照明を暗くして、ゆっくりしたテンポのダンス・ナンバーが流れていた。みんなちょっぴり妖《あや》しげなムードで、パートナーと抱き合いながら踊っているのだった。

「やあ、令子」

「ユッコ、ずいぶん酔ってるみたいね」

「べつに、酔ってなんか……ヒック……いないわよ、ヒック」

と由紀子はしゃっくりしながら、

「令子、飲まないの？」

「さっき昌美が取りに行ってくれたんだけど……」

と令子はテーブルを見回して、

「あ、きっとあのグラスだわ。ちょっと気が抜けちゃったかな」

と、グラスを取り上げる。

「代えて来てあげようか」

「いいわよ。このまま飲んじゃう」

と令子はグラスに口をつけた。

「気の抜けたシャンパンなんてやめなさいよ、令子」

と由紀子が出した手が勢い余って令子の手にしたグラスに当たった。シャンパンがこぼれて令子のセーターの胸にかかってしまった。

「あ！　ごめん、令子！　つい——」

「いいのよ、ユッコ。大丈夫」

令子は空《から》になったグラスをテーブルにもどして、

「ちょっと着替えて来るわ」

「ごめんね、令子」

令子はホールを出た所で、ふと立ち止まった。唇に触れただけのシャンパンが、いやに刺すような味なのだ。人差し指で唇をこすり、匂いをかいでみる。

「――まさか」

思わず呟くと、ホールへ取って返した。テーブルの上に、さっきのグラスはもうなかった。

自分の部屋へもどって、濡《ぬ》れたセーターをぬぎながら、令子はじっと考え込んでいた。もし、あれに本当に毒がはいっていたとしたら……。

「そんなことってあるかしら」

しかし、もしだれかが自分を殺そうとしたのなら、実にいい機会だったわけだ。

あのパーティーの席では、だれがどこにいるのやら、全く見当もつかないし、グラスにそっと毒を入れても、だれにも気づかれはしないだろう。

電話を盗み聞いた人間がひと足先にパーティーにもどり、あのグラスへ毒を……。もしそれが事実なら、由紀子のおかげで命拾いをしたことになる。令子はいまになってゾッと背筋の寒くなるのを覚えた。

すべてが思い過ごしだともいえなくはない。しかし、だれかが電話を聞いていたこと、シャンパンの味がおかしかったこと、グラスがすぐになくなってしまったこと……。偶然にしては、巧《うま》くできすぎている。

しかし、そうなると、この学校の中に、林田和江殺しに関係のある人間がいることになる。いや、そうなると、父のにらんだとおり、東京での瓜《うり》ふたつの殺人事件とも関係があるといえそうだ。

林田和江を殺したのは、この学校の中のだれかなのだろうか？

ともかく、油断せず、注意深く観察することだ。令子の父譲りの探偵心がムクムクと頭をもたげて来る。

セーターを替え、一階へ降りると、玄関のほうが何やら騒がしい。好奇心の強いのは生まれつきだ。急いで行ってみると、もう十人ばかりの生徒が校長室の前に集まってワイワイやっている。由紀子の姿を見つけて、令子は肩を叩いた。

「ユッコ！」

「あら、令子」

「何やってるの？」

「いまね、門番のおじさんが、門のあたりをウロウロしてた妙なやつをつかまえたんですって！」

「へえ。じゃいまは――」

「校長先生が尋問《じんもん》中よ」

「警察みたいね」

「きっと和江を殺した犯人よ。次の犠牲者を求めてやって来たんだわ」

由紀子は、もうすっかり決めてかかっている。

「どんな人なの？」

「そりゃ人相が悪くてね、目がギラギラしてて、口が耳まで裂け、牙《きば》をむき出し――」

「まさか」

「本当は見ちゃいないのよ」

「なんだ」

「でも怪しいやつには変わりないじゃない」

「まあ、そりゃそうね」

「もし犯人だったら、ここでリンチしちゃおう！」

と由紀子が穏《おだ》やかでないことをいう。

そこへドアが開いて、水元校長が出て来た。野次馬がいっせいに数メートルあとじさりする。

「何をしてるんですか？」

と校長は一同を見回した。

「先生、やっぱり犯人だったんですか？」

と由紀子が勢い込んできいた。

「いいですか」

と校長はため息をついて、

「残念ながらそうじゃありません。妙な噂を他の生徒たちの間に広げないように。わかりましたね？　──みんなパーティーへもどりなさい！」

なんだ、ガッカリね、とみんなブツブツいいながらホールへもどって行く。

「大宅さん」

令子は校長に呼ばれてふり返った。

「はい？」

「ちょっと」

校長に促《うなが》されて、令子は校長室へはいって行った。

「なんでしょうか?」

「あなた、この人を知ってますか?」

令子は校長のデスクの前に立っている男を見て、アッと声を上げた。相手はちょっとてれくさそうに笑って、

「やあ、令子さん」

「誠二さん! ——こんなところで何してるの?」

令子はあきれていった。

ネズミの脅迫

「じゃあ、和江さんの殺された事件を調べに?」

「うん、そうなんだ」

誠二は頭をかきながらいった。

「それで門の前を歩いてたら、門番のおやじが飛び出して来て、無理に引きずりこまれちまったのさ」

「あたりまえよ。こんなに遅い時間にうろついてたら」

「人相がいいから大丈夫だと思ってたんだがなあ……」

まじめな顔でいう誠二に、思わず令子は吹き出した。――水元校長は、「十分だけですよ」と気をきかして出て行ってくれたので、校長室には令子と誠二のふたりだけだった。

「話はわかったけど、どうしてこんな時間に来たの？　昼間にすればよかったのに」

「だって幽霊は昼間には出ないだろ」

「あきれた。幽霊の写真とって、どこかへ売り込もうっていうのね？」

「いや、ちゃんと週刊誌から頼まれての取材なんだぜ」

「殺人事件なのよ。変に首を突っ込んで、危ない目に会ったって知らないわよ」

とがめだてするような言葉だったが、顔は笑っている。

「それに、きみのことも心配でさ。なにしろきみの転校した学校で女高生が殺されたって聞いて、もしや、と青くなったんだぜ」

「その嘘《うそ》ホント？」

と令子はふざけておいてから、

「私は大いに楽しみにしてるの。こんな山の中へ押し込められて、退屈で死んじゃうんじゃないかと思ってたから」

「それだから心配なのさ」

と誠二は半ばまじめな口調で言った。

「きみは無鉄砲なんだから」

「待って。あんまり時間がないわ。——誠二さん、これからどうするの？」

「放免《ほうめん》してくれたら旅館にもどるよ。ここには泊めてくれないんだろ？」

「あたりまえよ、バカね！」

と令子がちょっと赤くなる。

「それだったら、誠二さんに頼みたいことがあるの」

「なんだい？」

「ちょっと……」

令子は声を低くした……。

水元校長がはいって来ると、誠二はあっさりとあやまって、二度とこの辺をウロウロしませんと約束した。

「訪ねておいでになるのはかまいませんが、今度は昼間にしてくださいね」

校長もそう怒っているようすもなく、門番のおじさんを呼んで誠二を門まで送って行かせた。校長室を出るとき、誠二はちょっとふり向いて、すばやく令子へウインクしてみせた。令子もとっさに考える間もなくウインクを返して、慌《あわ》てて咳《せき》払い。水元校長がジロリと令子を見た。

「――いまの人は、あなたのお友だち？」

「ええ。ちょっと知ってる人です」

「カメラマンなのね？」

「そうです。フリーのカメラマンで、腕はとってもいいんです」

と妙なところでＣＭタイム。

「そうなの……」

水元校長は何やら考えているようすだったが、

「――さ、もうパーティーも終わるころよ。早く会場へもどりなさい」

「はい」

令子は廊下へ出てホッと息をついた。全く誠二さんったら！　人をびっくりさせて。

「――あら、令子」

クリスマス・パーティーももうかたづけが始まって、生徒の数も半分ぐらいに減っていた。声をかけて来たのは、すっかりいい気分の由紀子で、右手にまだしつこくシャンパンのグラスを持っていて、左手にはリボンをかけた小さな箱を持っている。

「何やってたのよ？」

「ちょっと、ね」

と、これは令子の口ぐせである。

「さっきの殺人鬼は?」

「あら、あの人、カメラマンなのよ。私の知ってる人」

「へえ!　おもしろそうね。何しゃべってたの?　ね、どういう仲なの、令子とその人?」

由紀子が目を輝かせている。

「どういう仲って……ただのお友だちよ」

令子が肩をすくめてみせる。

「でもさ、カメラマンっていうと、ほら女の人だってとるんでしょ?」

「そりゃそうね」

「ヌードも?」

「知らないわ、私!」

令子はヒョイとソッポを向いた。まさか、私も彼にヌードをとってもらったことがあるのよ、なんていえやしない。

といって誤解のないように。べつに令子が好んでとらせたわけではないのである。それはふたりのそもそもの出会いで……令子が奥多摩の渓谷へクラスメート数人とキャンプへ行ったときだった。

前日の雨でぬかるんだ道を歩いた令子は、手も足も泥だらけになり、流れのゆるんだ岩陰で水に手足をつけて洗っているうちに足を滑らして転んでしまった。当然、全身ずぶ濡れ。夏だからよかったが、冬ならたちまち風邪をひくところだ。参っちゃったなあ……。さんざん迷ったが、そうそう着替えの用意もないので、仕方なく濡れた服を脱いで、強い日差しの当たる岩の上で乾かすことにした。令子以外は全員他のキャンプを訪問しに出かけていて、令子は留守番役だったのだ。まだみんな二、三時間はもどって来ないだろうし、この日差しなら、濡れた服もすぐ乾くだろう……。というわけで、何十回も周囲を見回して、人のいないのを確かめてから思い切って服を脱いだ。急いで岩の上へ服を広げはじめたとき、ガサゴソと茂みのほうで音がして……。

いま思い出しても、令子はポッポと頬の燃えて来るのがわかる。ふり向いたら、スポーツシャツにジーパンの若者がカメラを手にポカンと突っ立っていて……それが誠二だったのである。

「あ、そうだ、忘れるとこだった」

と由紀子がシャンパンのグラスを令子のほうへ差し出して、

「これ、クリスマス・プレゼント！」

「え？」

「あ、いけね、まちがえた。こっちだわ」

由紀子は左手に持っていた、リボンをかけた箱を差し出した。

「これ、あなたの分」

令子はパーティーでプレゼント交換をやることになっていたのを思い出した。むろんプレゼントといっても大したものではないが、各人が用意した物を一箇所に集め、ゲームで勝った者から、好きな物を取って行くのだ。もちろん中身が何かは、あけてのお楽しみというわけ。

「令子のいない間に終わっちゃったから、これ最後に残ったやつなの。持ってかれないように預かっといたわ」

「ありがとう！」

令子は箱を受け取って、

「何かしら？　楽しみだわ」

「あら、もうかたづけてんのね」

と由紀子は空《から》になって行くテーブルを見て、

「じゃ、このグラスも……」

と、残ったシャンパンを一気に飲みほす。

「足もとがフラついてるじゃないの」

令子は空のグラスを持って行く由紀子の後ろ姿を見てクスクス笑った。

パーティーのあとかたづけを終えたのはもう十一時近くだった。令子はゆっくり階段を上りながら、手にしたプレゼントの箱をながめた。ふたつ折りのクリスマス・カードが、リボンへはさみ込んである。

「プレゼントか……」

誠二が初めてくれたプレゼントは、なんとウイスキーだった。ミニ・ボトルというやつで、少々酔っ払っていた誠二は、てっきり香水のびんだと思い込んで買ったのである。

大体が誠二はちょっとそそっかしいところがあって、それはあの出会いのときにも……。

岩へ濡れた服を広げていて、ふり向いた令子は若い男に見られていると知って、慌てて岩の陰へ飛び込んだ。そして顔だけ出して、

「あっちへ行ってよ！」

とどなったのだが、男のほうはいっこうに動こうともせず、突っ立ったまま。男の手が、ちょうどカメラを、いまとったばかりといったようにつかんでいるのに気づいた令子は、ゴクリとツバを飲み込んだ。

「写真とったのね！」

「写すつもりじゃなかったんだ。気がついたらファインダーにはいってて……」

「この……痴漢！」

令子は足もとの石をつかんで男めがけて投げつけた。川岸だから石には不足しない。つぎからつぎへと飛ぶ石つぶてに、相手は頭をかかえて逃げ出した。それが茂みのほうへ逃げればいいものを、川のほうへ走ったから、当然のことながら水の中へザブン！

いまでも考えると吹き出してしまう。大きな岩の上にふたりぶんの洋服が並び、岩

をはさんで裸のふたりがにらみ合っていたのだから。――そのうちになんとなくおかしくなってふたりとも笑い出してしまった。そして令子は彼の名が新村誠二で、フリーのカメラマンだということを知ったのだ。

次に会ったとき、誠二は一本のフィルムを令子の目の前でめちゃくちゃにしてくずかごへポイと捨てた。

「――これできみのヌードともお別れさ」

誠二はそういってニヤリと笑った……。

「さて、と。中身は何かしら?」

まだ他のふたりはもどっていなかった。令子は自分のベッドに腰かけると、プレゼントのリボンをはずし、包みをあけてみた。中身は木彫《ぼ》りのネズミで、底に磁石がついている。メモ用紙を止めておくのに使うのだ。

「かわいいネズミ」

と思わずほおえむ。それから、クリスマス・カードを取り上げて、開いてみた。

ゆがんだ、きたない字の走り書きで、

〈この学校から出て行け〉

とあった。

正月早々、旅行する物好きもいないだろうという誠二の予想ははずれて、元日の朝、駅はごった返していた。もちろん上野駅とは比べものにならないにしても、駅のほうも何万分の一（？）の大きさだ。狭い待合室は、大晦日《おおみそか》まで仕事のあった若者たちの里帰りで大騒ぎだった。

「――困ったな」

これじゃ、だれがだれやらわかりゃしない。誠二はお手上げ、といったようすで、ともかくいったん待合室から外へ出た。駅の前で突っ立ってりゃ向こうで見つけてくれるだろう。

「確かいまの列車なんだけどな……」

荷物と手みやげをいっぱいにかかえて、出迎えの両親や兄弟と笑いながら出て来る若者たち。久しぶりで故郷へ帰って来たという安心感が、その表情に溢《あふ》れている。

「いいなあ。田舎があるって……」

誠二は純然たる都会っ子だ。ひとりで暮らしているのは、親と喧嘩《けんか》して飛び出してしまったからで、正月といっても、帰る家もない。

写真に熱中するあまり、大学を中退、それが喧嘩の原因だった。好きな道を選んだのだから、後悔はしていないが、それでもたまには寂しくなることもある……。

ともかく、カメラマンとして、早く一流になって、親に認めさせる。それがいまの誠二の目標なのだ。――その彼の心の支えが、令子だった。実際、令子にかかると、どんな悩みも、苦労も、

「どうってことないわよ」

のひとことでかたづけられてしまう。そして令子にそういわれると、誠二までそんな気がして、たちまち心が軽くなるのだ。

ほかならぬ、その令子の頼みで、元日の朝からこの寒い駅前に立っているのだが……。

「来ないなあ」

と思わずぐちって、ふと、待合室から出て来た女性に目を止めた。

「どこかで……」

見たような顔だ。だれだったろう？　誠二は思い出そうと、けんめいに考え込んだ。

地味な黒のコートを着込んだその女性は、三十歳前後に見えた。すらりとやせ型の長身で、ややとがった顔立ちは、固く結んだ唇と、きりっと濃《こ》い眉のせいか、いかめしい感じである。学校の教師。まず、そんな印象だ。

トランクひとつを手に、その女性は迷うようすもなく、誠二のわきを抜けて、この辺にただ一軒の——つまり誠二も泊まっている——旅館のほうへ足を向けた。

「ここは初めてじゃないんだな」

と、その後ろ姿を見送りながら、誠二は呟《つぶや》いた。

「しかし、だれかに似てるなあ……」

その女性本人には見覚えがなかった。しかし、知っているだれかを思い出させるのである。——誠二はじっと考え込んだが、どうしても思い出すことができず、あきらめて肩をすくめた。まあ、そのうち、何かの拍子で思い当たるさ。それより肝心の相手は……。

駅のほうへと視線をもどしたとき、ハンフリー・ボガートふうのトレンチ・コートを着た、背の高い男が、ボストンバッグを手に出て来た。

「あの——」

と声をかけようと近寄って行くと、

「きみが新村誠二君かい？」

と向こうから手を差し出して来る。

「そうです。藤沢さんですね？」

「そうだ。わざわざ迎えに来てもらってすまなかったね」

「いいえ。——さあ、旅館はあっちです」

「ありがとう。ずいぶん閑散《かんさん》とした所だな」

藤沢刑事は、誠二と並んで歩きながらいった。

「山水学園ってのは、どっちなんだい？」

「あの山の奥です」

と誠二は指さしてみせて、

「これで閑散としてるんなら、あそこは世界の果てですよ」

と笑った。

「警部もよく決心したもんだ。令子さんを手もとに置いておきたかっただろうに」

「やっぱり母親がいないから……」

「それもあるがね、本当の所は違うのさ」

「というと……」

誠二は藤沢の顔を見た。

「令子さんが、何かと事件に首を突っ込むんで、警部、気が気じゃなかったのさ。なにしろ扱うのは殺人事件ばかりだ。犯人は凶悪で、追いつめられたら何をするかわからん連中だ。そこへ令子さんは平気で飛び込んで行く。警部としては、そろそろ少し女らしくなってほしいと思ったんだろう」

「はあ……」

「それに、こんな所にいれば、殺人事件とも縁が切れると思ったんじゃないかなあ」

「それは当てはずれでしたね」

「全くね。けっこう警部も、あれで令子さんの推理をあてにしてるんだ」

藤沢刑事はニヤリとして、

「しかし、令子さんの行く所、事件あり、だな——彼女に何かあったら大変だ。すばらしい娘さんだからなあ」

「あの……」

誠二はちょっと咳払《せき》いして、

「令子さんのことをよくご存じなんですか?」

「うん。中学一年ぐらいからね。——頭のいい、明るい子だったよ。最近はすっかりおとなっぽくなって来たが」

だんだん誠二は不愉快になって来た。長身でハンサムで、確か独身者《ひとり》と聞いていたからなおさらだ。令子さんも令子さんだ。何もよりによってこいつを応援に呼ばなくたっていいじゃないか。このぼくがいるのに!


「皆さん。明けましておめでとう」

水元校長が、いつもと変わらぬ固い調子でいった。

「おめでとうございます」

生徒たちの声が講堂に響く。——もちろん、令子もその中にいる。

クリスマスの夜の出来事は、この冒険好きの少女の探偵本能を刺激しただけだった。あのプレゼントは最後に残ったひとつで、由紀子が気をきかせて持って行くまで、しばらくほうっておかれたのだった。そして、パーティーの会場にいなかったのは令子だけなのだから、それが令子へ渡ることはだれにでもわかったはずなのだ。

クリスマス・カードは箱の外についていた。だから、だれかが走り書きして、置いてある箱のリボンへそっとはさんでおいたのにちがいない。パーティーに出ていた者にはだれにでもその機会はあったのだ。

カードの字にしても、明らかに右ききの人間がわざと左手で書いたものだ。こうすると、筆跡でだれが書いたかを調べることはできない。

だれなのかはわからないが、あのカードを令子へよこした人間は、そういった点を実によく心得ている。

「ちょっと心得すぎてるみたい……」

令子はそっと呟いた。――中学生や高校生の女の子で、いったい何人が、そんな筆跡のごまかし方まで知っているだろうか？　そして、あの前の、電話の盗み聞き、シャンパングラスの毒薬、手早くグラスをかたづけた手ぎわのよさ……。犯人は相当に頭の回転の早い、そして行動力のある人物だ。それは、むしろ生徒よりは先生たちのだれかにふさわしいのではないだろうか。

山水学園には、校長を含めて十三人の教師がいる。まだ授業時間が少ないので、令子にも教師ひとりひとりの性格はつかめていないが、新学期が始まれば、すぐにつかめる自信があった。

「いまに見ていなさい……」

令子はいまにも舌なめずりせんばかりの張り切りようだ。

「――では、けさはこれで」

いつに変わらぬ校長の教訓がやっと終わって、生徒たちはそっと息をつく。冬休みだっていうのに、これじゃあね。

令子は由紀子といっしょに部屋へもどりかけたが、

「大宅さん」

と水元校長に呼ばれて、足を止めた。

「はい」

「ちょっと私の部屋まで来てください」

令子は由紀子と顔を見合わせた。

「令子、何かやったんじゃないの?」

「まさか。私、無実よ!」

「覚悟して行くのね」

と由紀子がおどかす。

校長室へはいって行くと、

「おすわりなさい」

と水元校長が椅子を指さした。

「——何のご用でしょうか？」

「ここでの生活にも少しは慣れた？」

「はい」

「休みの間は退屈でしょう」

「でも、本もたくさんありますし……」

「そう。時間があったら、先生がたのお部屋を訪ねてごらんなさい。授業では聞けないような話が聞けておもしろいでしょう」

「はい。ぜひ……」

おとなしくうなずきながら、令子は、校長の態度がいつになくためらいがちで、自信なげに見えるのに首をかしげた。この人らしくないことだ。何かいいたいことがあるのに、それをいい出せずに、関係のない話ばかりしているのがはっきりわかる。

「大宅さん」

校長はひとつ咳払いをしてからいった。

「この間、ここであなたの会った男の人——なんといいましたかね?」

「あの……新村誠二さんです」

「新村。ああ、そうでしたね」

誠二さんになんの関係があるんだろう? 令子はますますわからなくなって来た。

「カメラマンとかいってましたね」

「はい」

「まだ町にいるんでしょう?」

「さ、さあ……わかりませんけど……」

「いるはずです。旅館の人がそういっていましたからね」

「そうですか」

旅館はひとつしかないのだから、調べるのは簡単だ。

「それが何か?」

「ここへ呼んでもらいたいの」

令子は当惑して、

「でも、誠二さん――いえ、新村さんになんの用が……」

「仕事をお願いしたいの」

「仕事？」

と令子は思わずきき返した。

「カメラマンでしょう？　その仕事を頼みたいのよ」

「でもいったい――」

「この学校を撮《と》ってほしいの」

「学校を……」

「この学校も少数精鋭《せいえい》で大変いい成果を上げて来ました。でも残念なことに、ここをご存じないかたが大勢います。いえ――ほとんど知られていない、といったほうが正確でしょう」

珍しく謙遜《けんそん》してるわ、と令子は内心思った。

「むろん生徒数をこれ以上ふやして、教育内容の質を低下させるつもりはありません」

と水元校長は続けて、

「でも、ここへ入学するのにふさわしい人にも、ここを知られずにいるのは、本当に残念なことです。そこで、この学園のＰＲのためのパンフレットを作りたいと思っているわけなの」

「それで写真を」

「そう。この学園のすばらしい環境と、由緒《ゆいしょ》ある建物、授業風景といった写真がほしいわけ。でもいざだれかに頼むといっても、なかなか心当たりの人がなくて困っていたの。それで、ちょうどあの若い人のことを思い出したものだから……。大宅さん、あなたから話してみてもらえないかしら？」

「わかりました」

令子は立ち上がって、

「あの……それじゃいまから出かけて来ても……」

「許可します」

「失礼します」

令子は校長室を出ると、足早に二階へ上りながら、校長の話をはたしてそのとおりに受け取っていいのかしら、と考えていた。

「藤沢さん！　お久しぶり！」

旅館の部屋へはいると、令子は声を上げた。

「やあ、令子さん」

藤沢はセーターにスラックスという軽装に着替えてくつろいでいた。

「すっかりおとなびて来たね」

「あら、じゃついこの前までこどもだったって意味？」

「そうとも。まだ哺乳《ほにゅう》びんくわえてたじゃないか」

「ひどいわ！」

令子は笑いながら藤沢をにらみつけた。

「パパはどう？」

「きみがいなくて寂しそうだよ」

「女の人でも捜《さが》せばいいのよ」

「ドキッとするようなことというなあ」

「あら、私、平気よ。でもパパってだめなのよねえ。女性を前にすると、からきしいくじがないいんだから」

「きみにかかっちゃかなわんよ」

と藤沢が笑う。

「あ、そうそう。ねえ、誠二さん」

と令子がいった。誠二もいっしょにいたのである。ただ、すっかり無視されて、ふてくされていたのだ。

令子が、校長の話を伝えると、誠二は目を輝かせて、

「そ、それじゃ何かい？　学校へはいっていいと……」

「何よ、その目つき。女子校へはいれると思って。いやらしい！」

「それは誤解だよ！」

誠二は憤然《ふんぜん》としていった。

「ぼくはただ、例の幽霊の件で——」

「しかしそいつは絶好の機会じゃないか」

と藤沢がいった。

「うまく行きすぎるような気もするのよね」

と令子が考え込みながらいうと、

「どういう意味？」

と誠二がきく。

「この話をしたときの校長先生のようすが、ちょっといつもと違うような気がしたのよ」

「すると何かほかに目的が？」

「わからないわ。でも、ともかく断る手はないと思うの」

「もちろんさ！」

と誠二が張り切っているのは、むろん令子のそばへ行けるからだ。

「ところで令子さん」

と藤沢が手帳を開いて、

「その後、何か進展はあったの？」

「あるような、ないような……。新宿のデパートの殺人のほうは何かつかめて？」

「さっぱりだ。こっちの事件との関連はまるでなしと見ていいみたいだよ」

「そうなの……」

令子はゆっくりとうなずいた。それから話しはじめた。――クリスマス・パーティーの夜の出来事を。

話を聞き終えると、藤沢も誠二もホッと息をついた。誠二が口を開いて、

「そんなこと、この間はいわなかったじゃないか！」

「時間がなかったのよ」

「しかしね、令子さん」

藤沢が真剣な顔で言った。

「そんな毒まで盛られかけたなんて、きみのおとうさんが聞いたら、きみをすぐに連れもどしに来るぜ」

「あら、だれが来ようと私は動かないわよ。いまや事件の真っただ中にいるのよ。いまさら引き返せやしないわ」

「気をつけてくれよ。いい出したらきかない人だからな、きみは……」

「それでね、藤沢さん、山水学園の先生たちのことも調べてほしいの。経歴や、血縁

まで」

「わかった」

「それから過去に毒物を扱った経験のある人はいないか、もね」

「承知したよ」

「これが例のクリスマス・カードよ」

と令子は脅迫《きょうはく》のメモがあったカードを藤沢へ渡して、

「どうせ調べたって何も出て来ないと思うけど」

「一応鑑識《かんしき》へ回してみるよ」

「じゃ、お願いね」

と令子は立ち上がった。

「もう帰るの？」

「うん。誠二さん、あす、校長先生を訪ねて来てちょうだい」

「わかった。——あ、送るよ」

誠二は令子を追って部屋を出た。

「あんまりいっしょにいるのを見られないほうがいいわ。なにしろ学校の人がウロウロしてるんだから」

「だって、せめてちょっとぐらい、ふたりで話がしたいじゃないか」

「そうねえ……。じゃ、私、先に行くから、誠二さん、少し間を置いてついて来て」

令子は旅館を出ると、きびきびした足取りで歩き出した。後ろをふり向くまでもなく、誠二がちゃんとついて来ているのはわかっていた。山水学園への道を、人家のとぎれるまでたどって、そこから、道をそれて林の中へと足を踏み入れる。

林の中は、まだ雪がところどころに残っている。すっかり固まって、溶《と》けることのない雪だ。

「ついて来てるかな……」

令子はふり返ったが、誠二の姿は見えない。一本道だし、見失うはずもないから、すぐにやって来るだろう。令子は手近な木にもたれて待つことにした。

林の中は静かで、物音ひとつ聞こえて来ない。『音』というものが突然消え去ってしまったような気がする。――ここでなら、悲鳴を上げても、声は林の中へ吸い込まれてしまって外には聞こえない……。

「――遅いなあ」

と呟《つぶや》く。

日差しがかげって、急に風が吹き込んで来た。寒くなって身震いする。枝が騒ぎ、地面の枯葉が飛んだ。こすれ合う枯葉のざわめきが、その足音をかき消した。

ひとつの影が、林の奥を回って、ゆっくりと、注意深く、令子に近づいて行った。

令子はコートの衿《えり》を立てて、身を縮めた。

「誠二さん、何してるんだろう……」

その人影は、令子のもたれた木の真後ろから、一直線に進んで来た。一歩一歩、氷を踏むように慎重《しんちょう》な足取りだった。

悪魔の研究

令子が旅館をひと足先に出たあと、誠二は玄関の正面にあるソファーに腰を下ろしていた。二、三分待ってあとを追おう。早くふたりきりになりたい思いを抑《おさ》えて、じりじりしながら腕時計をにらみつけていた。二分三十秒たった。

「よし！」

と勢いよく立ち上がったとたん、通りかかった女性にぶつかってしまった。

「あっ！」

ふたりが声を上げる。女性の手から書類の束が床へ落ちて、バラバラに散らばってしまったのだ。

「す、すみません！」

誠二は真っ赤になって、慌《あわ》てて落ちた書類を拾いはじめた。

「さわらないで！」

その女性が金切り声を上げた。びっくりした誠二はその女性のほうへふり返った。

——あれ？　見たことのあるような……。

「大事な書類なんですからね、私が自分で拾います！」

そうだ。けさ、駅へ藤沢刑事を迎えに行ったとき、同じ列車から降りて来た女だ。顔立ちもちょっと怖《こわ》そうだが、その声も頭のてっぺんまで響くような迫力。

「どうもすみませんでした」

と誠二があやまるのを、

「目をどこにつけてるんですか。若いくせに老眼でもあるまいし！」

とイヤ味な皮肉をいいながら書類を拾い集めている。誠二はややムッとしたが、そこはぐっとこらえた。

その女性は書類を拾い終えると、

「失礼しました」

と頭を下げる誠二には目もくれず、さっさと行ってしまった。

「なんだ、畜生《ちくしょう》！　あの野郎！」

と見えない相手に悪口を投げておいて、

「あ！　令子さん！」

あわてて靴を出し、玄関から飛び出した。道は一本、山水学園のほうへ向かう。

――あすはあの校長の所へ訪ねて行かなきゃいけないんだな、と思って、はっとした。

「そうだ、あの女……」

駅で見たときも、だれかに似ているような気がしたのだが、どうしても思いつかなかった。いま、わかった。――あの水元という校長にそっくりだ。


令子はイライラして来た。

「もう行っちゃうから！」

と呟《つぶや》いたとき、背後からのびて来た手が令子の腕をつかんだ。

「キャーッ！」

悲鳴を上げ、身を引こうとして足がもつれた。あっという間に両腕をつかまれ、木の幹に押しつけられる。

「やめて！」

と叫んで、相手を初めて見た。――見知らぬ男だった。四十五、六歳といったところだろう。身なりはきちんとしているが、ひどくやつれた顔をしていた。だが、いわゆる乱暴な、がらの悪い男という感じではない。むしろ、紳士らしい、穏《おだ》やかな顔だが、目が落ちくぼんで、どこか疲れ切ったようすが見える。

「だれ？　……あなたはだれ？」

令子はまだショックで声を震《ふる》わせながら、きいた。男は令子の言葉が耳にはいらないようすで、

「和江……。和江なのか？　おまえか？」

と、まるでうわごとのように呟いた。

「和江……。林田和江さんのこと？」

令子ははっとしてきき返した。

「和江じゃない……。違う……」

男はゆっくり首を振ると、急に令子をつかんでいた手をはなして、二、三歩後ろへよろけるようにさがった。

「あなたはどなたですか？」

令子は気を取り直して、

「私は山水学園の生徒です。あなたは——」

令子は口をつぐんだ。男が急にドサッと倒れてしまったのだ。そこへ、

「令子さーん!」

と誠二が手を振りながら走って来た。

「遅くなってごめんよ。ちょっと出がけに引っかかっちまってね」

そこで、倒れている男に気づいて、

「あれ? どうしたの? この男は?」

「わからないの。でもどうやら……」

「きみが殴《なぐ》り倒したのかい?」

「なんてことというのよ!」

令子は誠二をにらみつけて、

「さ、起こしてあげて。ひどく疲れてるみたいよ」

そう大きな男ではないが、グッタリしている人間は重いものである。誠二は息を切らしながら、やっとのことで男を手近な切り株の上へすわらせた。

令子は男のポケットから財布を抜き出すと中を調べた。

「おい、いいのかい、そんな勝手に人の物……」

「警視庁特別捜査官ですもの」

「そんな肩書き、いつもらったの？」

と誠二がびっくりする。

「自分でつけたのよ。――やっぱりそうだわ。ほら、この名刺」

誠二は令子の手にした名刺をのぞき込んだ。

「林田正和《まさかず》……。林田？　聞いたことがあるような名前だな」

「だめねえ！　この林の中で殺された山水の女生徒じゃないの」

「あ、そうか！　するとこの人は……」

「父親じゃないかしら」

そのとき、男がウーンと唸《うな》って目を開いた。そして不思議そうに令子と誠二の顔を見て、

「あなたがたは？　……ここは……」

とわけがわからない、というようすで呟いた。

「林田和江さんのおとうさまですね？」

「そ、そうです……」

「私、大宅令子。和江さんのいらした山水学園の生徒です」

「おお、そうですか……。しかし、私はどうしてここに……」

令子がさっきの事情を説明すると、林田は頭をかかえた。

「それは申しわけない！　……このところ、ノイローゼ気味でしてね。ときどき、ふっと自分のしていることがわからなくなるんです。いや、本当におどかして申しわけない」

「いいえ、かまいません。和江さんのことはお気の毒でしたね」

「私にはたったひとりのこどもでしてね。母親をだいぶ前に亡《な》くしているので……。私が海外出張が多くてかわいそうなので、こちらへ入学させたのですが、こんなことになろうとは……」

「ここで何をしてらしたんですか？」

「いや、ここへは毎日来てみるんですよ。娘を殺した犯人に出会わんでもない、と思いましてね……。全くばかげていると思えるでしょうが」

「いいえ。よくわかりますわ……。犯人の手がかりは何もないんですか？」

「さっぱりお手上げのようですな。警察もそれなりに手はつくしてくれているようですが……」

「和江さんを恨《うら》んでいたような人とか、そんな人はいませんでした？」

ときいてから、令子はつけ加えて、

「うるさくきいてすみません。私、和江さんのいらした部屋にいるものですから、なんとか自分たちでも犯人を捜そうと、部屋のみんなで話し合っていますの」

「それはうれしい。ありがとう！」

林田はほほえんだ。

「しかし……娘を恨んでいた人間といっても……私はここでの生活のことは、ほとんど何も知らんので……」

「和江さんから手紙があったでしょう？」

「そうですね、月に一、二度」

「そこに何か思いあたるようなことは書いてありませんでしたか？」

「いや、友だちのことは、ともかく楽しそうに書いているだけでした」

「ほかには何か?」

「さあ……。ほかに書いてあることといえば、フランスへ行ったら何を送ってくれだの、イタリアでブーツを買ってくれといった注文ばかりでね」

と苦笑いした。

「最後の手紙はいつごろでした?」

「確か……十一月の末ごろだったかな」

「何か特別のことは書いてありませんでしたか?」

「いや、べつに。ただクリスマス・プレゼントの注文でしたね。リストができていて、そのうちからひとつ、と書いて来ました。全くちゃっかりしたやつで」

林田の口調は寂しげだった。令子は胸がつまった。そのとき、林田がふと、

「そういえば、最後の手紙に——」

「なんですか?」

「いや、娘にしては珍しく、本を送ってくれと書いてありました」

「本を?」

「ええ。初めてのことだったので、覚えているんです。さっそく捜して送ってやった

んですが……。そういえば、学校でいただいた娘の持ち物の中にはなかったな」

「本当ですか?」

「ええ。いままでそんなことは忘れていましたよ」

「それで、なんの本だったんですか?」

「ええ、それが妙な本でね。どうしてそんな本がいるのか、何も書いてなかったのですが、授業ででも使うのかと……。それにしても変な物を読ませるんだな、と思ったもんです。……悪魔学の研究書でしてね」

「新村誠二さんね」

水元校長は立ち上がった。

「どうぞ掛けてください」

「はあ。どうも先日は失礼しました」

「そのことはもういいですよ」

と校長はほおえんで、

「大宅令子さんとは、もう長いお付き合い?」

「は、はあ……。まあ、そうです」

「とても活発で、頭のいい娘さんね」

「そうですね」

「ところで、話は大宅さんからお聞きと思うけど」

「はい。この学校を撮《と》るように、と……」

「そうなんです。『学園案内』を作ることになって、それに載《の》せるための写真がほしいの。どうですか？　やってもらえる？」

「はい、それはもう」

誠二は熱心にうなずいた。

「お礼はどれほど差し上げたらよろしいかしら？」

「え？　さあ、……それは……」

「あなたのほうで大体いつも取ってらっしゃる額を、あとで教えてください」

「はい」

誠二は冷や汗を拭《ぬぐ》った。そんな大物カメラマンじゃないのだ！

「もちろん撮影に必要な期間中の宿泊費や食事代はこちらで払います」

「どうも……」

「ひと月もあれば終わるでしょう」

「ひと月？」

誠二は目をパチクリさせた。

「そんなにはかかりませんよ。この校舎や、周囲の風景などを撮ればいいわけでしょう？」

「この校舎をくまなく撮っていただくのよ」

「くまなく？」

「そう。すみからすみまで。全部の部屋、建物の外観もあらゆる角度から。特にここには壁の古い浮き彫りがあります。そういった所は特にていねいに撮ってください」

「庭も、門も、ですか？」

「もちろん。塀《へい》もね」

「しかし……PR用なら、それほどくわしく撮らなくてもいいのじゃありませんか？」

「この建物は古い、由緒《ゆいしょ》のある物です。私は一度、ここのすべてを、完全に記録しておきたいと前々から考えていたの。今度の仕事はその意味もあるんですよ」

「わかりました。ありとあらゆる所を撮るんですね。それなら時間がかかるでしょう」

「いつから仕事にかかれますか?」

「あすからでも……」

「けっこう。お願いしますよ」

校長室のドアが開いて、秘書の笠原良子が紅茶のカップをのせた盆を手に、はいって来た。校長は立ち上がると、

「私は職員会議があるので失礼するわ。ゆっくりして行ってください」

「どうも」

と頭を下げて、誠二はふと、

「あの、校長先生」

「なんですか?」

「旅館に先生ととてもよく似たかたがお泊まりですが、ご親戚ですか?」

「あら、そう? いいえ、そんなことはないわ。他人の空似《そらに》でしょう」

「そうですか。いや――失礼しました」

と頭をかく。

「ああ、それから新村さん」

部屋を出ようとして校長がふり向いた。

「学校へ来ても、あまりひんぱんに大宅令子さんに会わないでください。少しぐらいは仕方ありませんけどね」

校長の冷やかすようないい方に誠二は赤くなった。笠原良子が紅茶を誠二の前へ置いた。

「どうぞ」

誠二は恐縮《きょうしゅく》しながら紅茶をすすった。笠原良子は立ち去りかねてなんとなく迷っているようだったが、

「新村さん……でしたわね」

「はい」

「いまのお話……校長先生とそっくりな人が旅館にいるって、本当ですの?」

「まあ、そっくりというほどでもないんですが、ちょっと見ても、おや、と思うくら

いには似ていて……。でも勘違いだったようですね」

「その人はいつから旅館に？」

「きのうです。きのうの朝から」

「そう……」

笠原良子は何か考え込むような顔つきになったが、すぐに元の笑顔へもどると、

「じゃ、ごゆっくり」

といって部屋を出て行った。


令子は図書館のドアをあけた。図書館といっても、別棟《べつむね》ではなく、校舎の端に位置した広い部屋である。

ドアをはいるとすぐ右手は係の人がいるカウンター。その奥に、閲覧《えつらん》用の机と椅子が二十ばかり並んでいて、そのまた向こうが書架《しょか》になっている。

令子がはいったとき、カウンターにはだれもいなかった。昼食にでも出ているのかもしれない。ほかには三人ばかりの生徒が本を読んでいるばかりで、室内はシンと静まりかえっていた。ここの本は自室へ持ち帰っていいことになっているので、みんな

ほとんどそうしているのだ。だからここはいつも閑散《かんさん》としている。

令子はカードボックスの所へ行った。ここにある図書が、書名と著者、それぞれの五十音順、内容別にカードで分類されているのだ。

令子は書名の引出しを引いて、「あ」のカードを繰《く》って見た。『悪の華』『悪の病理』『悪の倫理』……。「悪魔」という言葉がタイトルの頭につくのは、アンブローズ・ビアスの『悪魔の辞典』だけだ。令子はカードを抜き出して見た。裏面の貸出し記録には、ひとつだけ日付の印がある。〈79・11・20〉——ちょうど林田和江が父親へ最後の手紙を書いたころだ。もしかして、これは和江が借りたのではないか……。

令子は書架へ行って、『悪魔の辞典』を捜した。カードの分類番号そのままに書架には並んでいるから、すぐに見つかる。令子は『悪魔の辞典』の裏表紙の内側に貼《は》りつけたカードの記録を見た。〈79・11・20〉とあって、〈林田〉とサインがある。

「やっぱり……」

とうなずいて、それから、和江がもう次の日にこれを返却しているのに気づいてほほえんだ。タイトルに惹《ひ》かれて借りたのだろうが、残念ながらこの本は悪魔とは関係ない。いわば皮肉辞典とでもいった内容で、たとえば〈医者〉という項は、〈われわれが病気の時にはしきりと望みをかけ、健康の時には犬をけしかけたくなる奴〉といった説明があるという具合（A・ビアス『悪魔の辞典』西川正身　選訳　岩波書店より）。

和江はたぶんがっかりしたのではあるまいか。しかし、この本を借り出し、悪魔学の本をわざわざ父親に送ってくれるように頼んだというのは、よほど和江が悪魔というものに興味を持っていたからだろう。なぜ？　いったいどうしてそんなことに……。

「何を読んでるんだね」

急に声をかけられて、令子はびっくりした。

「あら！　……先生」

「ごめん、ごめん。おどかしちまったかな」

歴史の教師、弓原《ゆみはら》である。三十歳になるかどうかという若さ、独身、比較的ハンサムということで、生徒の間では人気があった。令子も弓原の授業は型にはまらず、いきいきとしているので、好きな時間のひとつだった。

「大宅君、だったね」

「はい」

「何を見てたの？　ほう、『悪魔の辞典』か……」

「なんの気なしにめくったら、林田さんのサインがあったので……」

「林田君？　ああ、そうか。きみは林田君のいた部屋にいるんだったね」

「ええ」

「彼女は本当にかわいそうだったねえ。……まあ、あまり歴史の授業は得意でなかったようだが、そう、あの事件の少し前から、いやに熱心にぼくの所へいろいろときさに来てね。ぼくも喜んでいたんだよ」

「和江さん、なんの問題に興味があったんでしょう？」

「それが何やら中世の魔女裁判とか、魔術だとかにえらく興味を持ってね」

「まあ。ずいぶん怖《こわ》いテーマですね」

「うん。しかし、おもしろくはあるし、ともかく取っつきやすいところからはいって行くのが学問の近道だからね」

「どうしてそんなことに興味を持ったんでしょう？」

「さあね……。この建物のせいかもしれないよ。暗くて陰気で、なんとなく中世にもどったような錯覚《さっかく》を起こすからね」

と弓原は笑って、

「きみもよければ一度ぼくの部屋へ遊びに来なさい。何もないが、歴史のことならいくらでも話してあげる」

「ありがとうございます」

弓原が行ってしまうと、令子は『悪魔の辞典』を棚へもどしながら、和江が悪魔について関心を持ちはじめたきっかけを見つけなければ、と思った。それだけ急に熱心になるには、よほど何かがあったのにちがいない……。

本をもどして、令子はおや、と思った。並んだ本のラベルの数字がひとつ飛んでいるのだ。同種の内容の本は同じ分類記号をつけ、その中で通し番号になっている。『悪魔の辞典』は〈8〉で、隣の本が〈10〉になっているのだ。だれかが借りているにしては、本の間にすき間がない。ないのはなんの本だろう?

令子はカードボックスへもどって、内容別のカードを見た。〈7〉〈8〉〈10〉……。カードもなくなっている! 〈9〉はいったいなんの本だったのだろう?

三学期が始まり、誠二の仕事も、始まって一週間がたった。外観の撮影から始めた

のだが、思ったよりずっと手間取った。なにしろ最初の三日間は水元校長がほとんどつきっきりで、

「もっと撮《と》って」

「もっとくわしく」

「もっと違う角度から」

と口を出すので、やりにくいこと……。

ようやくひとりで撮影できるようになると、今度は教師たちが入れ替わり立ち替わり見物にやって来るのだ。寒い中での撮影など平気だが、これには気が疲れてしまった。

楽しみは昼休みに令子と話ができることだ。といっても、もちろんふたりきりになるってわけにはいかないが、同室の南条由紀子など、おもしろい女の子たちとしゃべるのも楽しかった。

——その朝、誠二は少し遅く起きた。といって寝坊したわけではない。

東京へもどった藤沢刑事から速達便が局留めで届くはずなのだ。令子が頼んだ調査——あのクリスマス・カード、それから、山水学園の教師たちについての調査報告で

ある。

誠二はゆっくり顔を洗い、ヒゲをそり、朝食を済ませると、二階の部屋から玄関へ降りて行った。あのいけ好かない女は、まだここにいるのかどうか、あれ以来、一度も姿を見ていない。まあ見たくなる顔でもなかったが……。

誠二は旅館を出ると、大きく両手を広げて深呼吸した。山に囲まれたこのあたり、気温はぐっと低くて、道路もあちこちで氷が張って、朝日にキラキラと光っている。しかし空気の澄んでいることは、とても都会では味わえない快《こころよ》さだ。

誠二は郵便局へ向かって歩いて行った。吐《は》く息が白い。――郵便局は約十分の道のりで、朝の散歩にはちょうどいい距離だ。

木造の、小屋と呼んだほうがぴったりする建物が郵便局で、職員もひとり、老人がいるほかは、たまに近所の娘らしいのが手伝いに来ているだけのささやかさだ。

はいって行って、名前を告げる。

「ああ、これだね」

と手渡された、厚みのある封筒を手に、郵便局から出て来たとき、目の前を、警官が走って行った。

「何かあったな！」

と思わず呟いたのは、走って行く警官の表情がただごとでなかったのと、そのあとを、町の人間が数人――いや数十人も追いかけて行ったからだ。誠二はためらわず、自分も一緒になって走り出した。

並んで走っているおっさんに、

「何があったんですか？」

と大声できくと、相手は首を振って、

「知らねえよ」

と答えた。誠二は肩をすくめた。

早朝マラソンの団体みたいな一行は、やがて町はずれの橋へやって来て足を止めた。古びて懐《なつ》かしい木の橋の下は、農業用水用の川になっている。警官が橋のわきから川べりへ降りて行った。川っぷちでは三人の男が並んでなにやらしゃべっている。土手の上から眺《なが》めていた誠二の目に、警官が近づいて行って三人の男たちが左右へ割れると、その足下にあるものが映った。

水死体だ。布で覆《おお》ってあるが、盛り上がった形といい、大きさといい、まずまちがいない。誠二はカメラを持って来なかったのを悔やんだ。カメラマンは、どこで何にぶつかるかわからないのだから、常に小型カメラぐらいは持って歩かねばならないのだ。

その代わり、というのも妙だが、誠二は土手から降りて、図々《ずうずう》しく警官たちのほうへ歩いて行った。

「なにごとですか?」

と元気よく声をかけると、警官がなにやら怪しい人間を見る目つきでジロリと誠二をにらんだ。

「きみは?」

「週刊誌のライターなんですけどね」

これは必ずしも嘘ではない。前に一度だけやったことはあるのだ。もっとも、書いた記事は没《ぼっ》になってしまったが。

「ちょっと取材で来てるんです。そのついでに……」

「ふん。見たとおりの水死さ」

「見せていただいていいですか?」

「物好きだね。あまり気持ちのいいもんじゃないよ」

「慣れてますよ」

本当は慣れていないのに、無理をする。

「じゃ構わん」

と警官はいって、三人の男へ、

「すると、見つけたときは、橋げたにひっかかってたんだね？」

「へえ、そうなんで」

誠二はかがみ込んで、ちょっと心の準備を整えるべく深呼吸をしてから、死体を覆《おお》った布をめくった。

令子がさっとふり向いた。

「林田さんが？」

「そうなんだ」

誠二はうなずいた。

「ぼくも目を疑った。でもまちがいない。この間の人だ」

「気の毒だわ……」

令子は首を振った。

「あんなに、和江さんを殺した犯人のことを……」

ふたりは押し黙ってしまった。——授業の合間の休み時間に、誠二は撮影をしている裏庭へ令子を呼び出したのだった。

「確かに水死なの？」

令子はきいた。

「さあ。そう見えたけど、まだくわしいことはわからないよ」

「もし水死だとしても、事故だったのかどうか……」

「自殺かな。娘さんのあとを追って。ノイローゼだと自分でもいってたじゃないか」

「自殺か、殺人か」

誠二は令子の顔を見つめた。

「まさか！」

「わからないわよ。もし林田さんが、和江さんを殺した犯人を捜す手がかりをつかんでいたとしたら……」

「それはそうだな」

「ね、今夜にでもパパへ電話してちょうだい。そしてここの警察に、林田さんの死に疑問の点があるから慎重に調べるようにいってもらって」

「わかったよ」

「あら、もう次の授業が始まるわ！　じゃあとでね！」

と行きかけるのを、

「ちょっと待って。これ、藤沢さんから」

と封筒を手渡す。

「ありがとう」

「それから……」

「何？　まだ何かあるの？」

誠二がすばやく令子に近づくと、彼女の頰へ軽くキスした。

「いやね！　やめてよ！」

令子は真っ赤になって、

「だれかに見られたらどうするの！」

「ごめんよ」

と誠二はニヤニヤしている。

「ばか!」

令子は笑いながら教室へ向かって駆け出した……。


夕食前の自由時間。――令子はひとり、部屋で横になっていた。令子の顔をじっと見つめて、「和江」と呼びかけた、あの林田の悲痛な顔が、まざまざと思い出される。

「必ず」

令子は口に出して呟いた。

「犯人を捕《つか》まえます」

令子はベッドから起き出すと、二段ベッドの上の段へのぼって行った。ここはいま、だれも使っていない。林田和江が寝ていたベッドなのだ。

むき出しのマットレスに腹這《ば》いになって、令子は、誠二からもらった藤沢の手紙の封を切ろうとした。

何か、妙な感じだった。左のひじの下だけ、いやにクッションが固いのだ。

「なんだろう……」

気になってマットレスのわきから裏側へ手を突っ込んでみた。マットレスのカバーが、ナイフか何かで切ってある。そこから中へ手を潜《もぐ》り込ませると、指先に固い物がぶつかった。

令子は苦労してそれをマットレスの中から引っ張り出して来た。――本だ。こびりついた汚れを手で払うと、令子は目の前に、その本をまっすぐに置いて、じっと眺《なが》めた。

タイトルは『悪魔学』とあった。

迫り来る手

見たところ、かなり古い本のようだった。表紙の『悪魔学』という金文字も、少し薄れて、ところどころ消えかかっている。

これが林田が娘に頼まれて送ったという本に違いない。それを和江はマットレスの中へ隠していた。人には見られたくなかったのだろう。なぜ？　――若い娘が読むには、あまりふさわしくない本だからだろうか。

令子は表紙をめくってみた。初めに何枚かのグラビアページがあって古い西洋の絵が出ているのだが、棺《ひつぎ》のふたが半分開いて、中から救いを求めるように手がニョキッと出ている絵だとか、裸の女たちが寄ってたかって死体を食べている絵だとか、どうにも気持ちのいいものではなかった。

絵があまりうまくないだけ、かえって残酷《ざんこく》さがなまなましいのだ。

本文へはいろうとして、ふとページをめくる手が止まった。折りたたんだ便せんがはさんであるのだ。

広げてみると、ちょっと気取った、女の子らしい字だ。林田和江の字にちがいない。

文面には、こうあった。

おとうさん、『悪魔学』の本をありがとう。ずいぶん変な本を読むと思ってるでしょうね。

実は、きょうの手紙はきっとおとうさんをびっくりさせると思います。でも、私は気が狂ってるわけではないの。まじめな話なのよ。どうか真剣に読んでちょうだい。

まず第一に、私はこの学校をやめたいの。できるだけ早く！　それも私がやめたがってやめるのだという形でなく、おとうさんから、都合でやめさせたい、と学校のほうへ申し出てほしいの。なんとか理由をつけてちょうだい。高いお金を出してここへ入れてくれたのはよくわかってるの。でもそんなことといっていられないのよ。

私がどうかしてると思う？　私も、もし自分がどうかしているのならどんなにいいかと思うわ。

わけのわからないことばかりいって、おとうさんのほうがおかしくなるといけないから、理由を説明するわね。——おとうさんは、この学校を紹介してくれた浜名《はまな》さんのお家を知ってるわね。

私がここへ転校することになったとき、小学校で同級だった子の家へお別れがてら遊びに行ったの。そのとき、ふたりで近所を散歩したんだけど、ちょうど浜名さんの家の前を通ったのよ。一度行ったときは車だったし、友だちの家とは、近くても住所が全然違うので、そんなに近くだと思わなかったのね。

『あら、このお宅、知ってるわ』

と私がいうと、友だちはなんだかいやに変な顔で私を見たの。

『知ってるって、どうして？』

ときくから、浜名さんのこと説明したら、

『それは和江の思い違いよ』

というから、どうして、ときくと、

『この家は空き家で、もうここ十年以上もだれも住んでいないのよ』

という返事じゃないの。本当にびっくりしたわ。で、私も、よく似た家で、思い違いをしたのかな、と思ってそれきり忘れてしまったんだけど、それがこの間、学校の図書館でなんの気なしに本をめくっていたとき、

手紙はそこで終わっていた。書きかけのままで、和江は死んでしまった。だれかに殺されたのだ。

令子は、じっと考え込んだ。この書きかけの手紙からでも、いくつかの事実はわかる。

まず林田和江が何かの事情でこの学校をやめたがっていたこと。それもかなり急いでいた。そして、自分がやめたがっているのを、学校には知られたくなかったこと。これは令子には重要な点だという気がした。それから、ここを紹介した浜名という人物のこと……。

令子がこの学校を知ったのは、ある教育雑誌でこの学校の教育が紹介されているのを読んだからだった。父との雑談の中でその話が出て、興味を持った父がここの入学案内を取り寄せたのである。

だが和江は浜名という人間の紹介でここへ入学したらしい。そして図書館で本をめ

くっているとき、浜名のことを思い出させる何かに出会ったのだ。それはなんだったのだろう?

令子は、書きかけのままに終わってしまった手紙をたたむと本にはさみ、ページをめくろうとした。そのとき、バタンと急にドアが開いて、笠原良子がはいって来た。

令子はあわてて本を閉じた。

「ここだったの!　大宅さん、お電話よ!」

という口調がただごとではない。

「はい。何か?」

「大変なの、おとうさまが――」

「父が……」

令子は一瞬青ざめて、二段ベッドから飛びおりて来た。

「何かあったんですか?」

「藤沢さんという刑事さんから電話で、おとうさまが重体だと……」

令子は思わずフラッとよろけたが、必死で自分を取りもどした。

「電話はまだ?」

「つながっているわ」

令子は廊下へ飛び出した。二階の廊下の電話の受話器を上げる。

「もしもし、令子です！」

「令子さん？　藤沢だけど――」

「パパがどうしたの？　何があったの？」

「だれかに襲われたんだ。おそくまでいっしょに仕事をして帰る途中だった。ぼくが警部と別れてすぐだったらしい……」


「お宅の前まで送りますよ」

という藤沢刑事に、大宅警部は、

「いや、ここでいいよ。車で行くと元の道にもどるのが大変だ。ここからなら歩いて五分しかかからん」

と断って車を降りた。

「送ってもらって悪かったな」

「いいえ。では失礼します」

藤沢の車が走り去るのを見送って、大宅は、

「最近には珍しいやつだよ、全く」

と呟《つぶや》くと、寒い風にちょっと身震いして歩き出した。

もう夜中の一時を回っている。藤沢が送ってくれなければタクシーで四、五千円は取られるところだ。

大宅は大きなあくびをして、ホウッと息をついた。あのデパートで殺された女学生の事件も全く捜査は行き詰まってしまった。

「令子がいてくれたらな……」

と、自分で令子を追い払っておきながら、勝手なことをいった。父親としては、まだ十六歳の娘を、こんな殺人事件などにかかわらせたくない。その一方、警部としては、彼女のとっぴな発想が解決のヒントになることを期待しているのである。複雑な気持ちであった。

「あいつも無鉄砲だからな……。おとなしくしていてくれればいいが」

大宅は、人気《ひとけ》のない公園を通り抜けようとしていた。そこから川へ出て橋を渡れば、ひとり暮らしのマンションへ着く。

大宅は足を止めた。公園のベンチに、浮浪者《ふろうしや》らしいのがひとり、横になって新聞を顔にかぶっている。

「やれやれ」

大宅は舌打ちした。いつもならほうっておくのだが、この寒いときでは凍《こご》え死んでしまうかもしれない。警官として見過ごしておくわけにもいかないのだ。大宅は近寄って、

「おい！　起きろ！　死んじまうぞ！」

と大声でいいながら男の腕をたたいた。突然、男がはね起きて、大宅の腹へ握りこぶしが——。

大宅はウッとうめいて、二、三歩よろめいた。男は両手でつかみかかろうと飛びかかって来る。不意をつかれはしたが、大宅はベテランの警部である。痛みをこらえて、そのずんぐりしたからだつきからはとても想像できないすばやさで横へ飛んだ。飛びかかった男が地面へドッと突っ伏す。

「貴様はなんだ！」

と鋭く問いかける大宅へ、起き上がった男が向かって来る。面と向かって闘えば負

けはしない。大宅の手刀《てがたな》が水平に男の喉《のど》を打って、男は苦しげによろめいた。すかさず大宅は男の手をつかんでぎゅっとねじ上げた。

「いてて……」

と声を上げる男へ、

「いったいおれに、なんの用だ？　何者なんだ、おまえは？」

と大宅はいった。

「いわないと、腕をもっとねじ上げるぞ！」

そのとき、背後に忍び寄った人影が、手にしたこん棒を大宅の後頭部へふり下ろした。――大宅は激しい痛みに身を沈めると、そのまま気を失ってしまった。

「……重い野郎だな」

かすかにもどって来た意識の中で、大宅はぼんやりと、自分がだれかふたりの男にかつぎ上げられているのを感じた。どうなってるんだ？　いったい何があったんだ？

「川でなきゃいけねえのかい？　――畜生！　石で頭をかち割ってやりゃいいちころなのによ」

からだをぐっとかかえ上げられた、と思うと、大宅は宙に浮いていた。――どこだ、ここは？　こいつは——と、考える間もなく、冷たい川の中へ突っ込んでいた。

やられた！　冷たい水で一度に意識がもどった。頭の痛みが、思わず声を上げたくなるほどだ。水の中で、必死にもがくと、ポカッと水面から頭が出る。

水を吸って重くなったコートをぬぎ捨てて、大宅は泳ぎはじめた。自分を川へほうり込んだ連中がどこかで見ているかもしれない。離れた所まで行かなくては。

泳いでいるうちに、ここが自分のマンションの裏手の川だと気づいた。橋のすぐわきに、川べりまで降りる階段があったはずだ。あそこへ行けば水から楽に出られる。

よし！　少し元気が出て水をかくと、橋が暗がりの中から見えて来た。——もうすぐだぞ！

そのとき、冷え切った足の筋肉が降参《こうさん》した。足がつる、というやつだ。それも両足だった。

「畜生！」

沈みそうになるのを、必死に手で水をかいて顔を水面に出す。

「なんとか……あそこまで……」

しかし、顔を水面から出しておこうとすると、少しも進まない。一か八か、大宅は思い切り息を吸い込むと水の中へ頭を突っ込み、手だけで階段のほうへ泳ぎ出した。

——息はだんだん苦しくなって来るが、いつまでたっても着かないのだ。

畜生！　どうしていつまでも着かないんだ！　……苦しい！　……もう……だめだ！

そのとき、手に固い物が触れた。


「それで、パパの具合は？」

「命に別状はないと医者はいってるよ。頭の傷と、それから冷たい水につかってたんで、ひどく熱を出してね、からだが弱ってる。まず心配はないと思うが……」

「すぐ、先生にいって帰らせてもらうわ」

「そうするかい？　警部もそのほうが元気になるよ、きっと」

「ええ。それじゃ——」

「令子さん」

「え？」

「すまない。ぼくがついていればこんなことには……」

「藤沢さんのせいじゃないわよ。パパは警官なんだもの。危ない目にあうのは仕方ないわ」

令子は電話を切ると、下へ降りて行って、水元校長に事情を話し、

「一週間ほど父についていてやりたいのですが」

「わかりました」

水元校長はすぐにうなずいて、

「じゃすぐに出発なさい。学校の車で駅まで送らせます」

「すみません」

と頭を下げ、校長室を出ようとすると、

「大宅さん」

と呼び止められた。

「はい」

「大したけがでないといいわね」

水元校長の声は思いがけないほど優しかった。

二階へかけ上りながら、令子は、さっきの『悪魔学』の本と、藤沢からの手紙を、

林田和江の寝ていたマットレスの上へ置きっ放しにして来たことに気づいた。

「持って行って、列車の中で読もう」

だいぶ落ち着きを取りもどして、そう考えながら部屋へはいると、由紀子がいた。

「令子、おとうさんが大変なんだって？」

と心配顔できいて来る。

「うん。でも命は大丈夫だって」

「よかったわね！　本当にお気の毒だわ」

「ありがとう。でもね、私も警官の娘なんだもの。万一のときの覚悟はできてるつもり。――なんていっても、やっぱりハッとしたわ。一週間ばかり帰って面倒見てくることにしたの」

「それがいいわ。荷造り手伝おうか？」

「いいえ、必要な物だけで、ほかは置いて行くから……」

令子は二段ベッドの上へ上って本を取ろうと――手を出そうとしてあっけに取られた。本も手紙も、消えてなくなっていたのだ。マットレスの中、本が隠してあった場所にも手を突っ込んでみたが、何もない。

「由紀子、ここに本を置いておいたんだけど知らない？」

「知らないわよ」

「あなたのほかにだれかここにいた？」

「さあ……。私もついいまさっき、来たばかりだから」

笠原良子は、ちょうど令子が本を見ているときにはいって来た。もし令子が飛び出したあとですばやくベッドへ上って……。

しかしいまはそんなせんさくをしているひまはない。令子は手早く荷物を詰めると、学校を出た。――門が開いていて、門番のおじさんが車を用意してくれていた。

とっぷりと暮れた道を車は町へ向かって走り出した。令子はチラッと後ろをふり向いて、遠ざかって行く学校の明かりを見た。――あそこで、何かが起こっている。林田和江に学校をやめたいと思わせたのは、何だったのか？　彼女が図書館で見たものは何か？　令子のシャンパンに薬を入れたり、脅迫《きょうはく》の手紙をよこしたのはだれなのか？　……何かが起こっているのだ。あの、一見、何の屈託《くったく》もない、女の子たちの学園で……。

令子は、誠二さんに会って行く時間があるかしら、と思った。

誠二は、一本撮《と》り終わって、ホッと息をついた。少し離れた所に置いたバッグへ新しいフィルムを取りにもどる。撮影済みのフィルムを巻きもどしながら、

「やれやれ……」

と理由もなくため息をついた。――曇り空で、風は冷たい。こんな日に、吹きさらしの裏庭で仕事をしているのだ。いかにプロのカメラマンとはいえ、ため息のひとつくらい出ようというもの。おまけに愛《いと》しの令子は東京へ帰ってしまって一週間はもどらないというし。

発《た》つ前に旅館へ彼を訪ねて来て、事情を説明したあと、

「電話をするわね」

といって、駅まで見送りに行った彼の頬にちょっとキスしてくれた。それは大いに結構なのだが、警部の具合も気になるというのに、三日たっても電話はかかって来ない。なにしろ向こうには、あのハンサムな独身の（ここが気になるところだ！）藤沢とかいう刑事がいる。

誠二にとっては心中《しんちゅう》、いささか穏《おだ》やかでないのである。

手早くフィルムをつめて、

「さて、仕事、仕事」

それにしても、この古い修道院の建物は、被写体としては確かに興味をそそられる。いま、誠二が撮っているのは、学校としては全く使われていない、古い礼拝堂で、ステンドグラスの窓は内側から板を張ってふさいであるし、入口も板を打ちつけてあった。しかし古びた石造りの、歴史を感じさせる重味と、それが枯葉に埋《う》もれるように寂しく立っている姿は、いかにも雰囲気《ふんいき》があって、仕事でなくてもカメラを向けたくなる光景である。

「しかし、あの校長はいったいどういう気なんだ？」

と呟く。学校のPRをするというのに、こんな使ってもいない建物の写真まで撮らせるとは。――まあ、由緒《ゆいしょ》のある建物だからといって、記念写真ふうに一、二枚写すというならともかく、完全に細部まで写せというのだから変わってる。

「ま、商売だからな、こちらは」

ニコンFに望遠レンズを取りつけて、礼拝堂へもどる。ステンドグラスのひとつひとつを撮るのだ。

曇って光線は弱いし、望遠レンズはピントが甘くなりやすい。がっちりとカメラを構えて、慎重にピントを合わせる。

「少し低目から狙《ねら》うかな……」

誠二は二、三歩さがって、地面へ片ひざをついた。ファインダーをのぞくと、ステンドグラスが、なかなか感じよく仰角《ぎょうかく》でおさまっている。

「よし、これだ」

ピントをゆっくりと送って……不意に、ファインダーの中へ、だれかの顔がはいって、誠二はびっくりした。

「だれだ？」

カメラから顔を上げると、生徒らしい娘が、黙って立っている。知らない顔だった。ここへ来てから、令子を通じて幾人かの生徒とも顔見知りになったのだが、この娘は初めて会うようだ。

「悪いけどね、ちょっとどいてくれるかい？」

と誠二がいうと、その娘は、

「あなた、令子さんの恋人？」

ときいて来た。誠二は面食らって、

「きみは？」

「私、加藤昌美」

「……昌美さん？」

どこかで聞いた名だな、と思った。

「そうか、令子さんと同室の人だね」

「ええ」

「話は聞いてるよ。――大変な目にあったねえ」

林田和江が殺されたとき、昌美がいっしょにいたことは誠二も覚えていた。

「何を撮っているの？」

と昌美はきいた。

「礼拝堂さ」

「ああ、これ？」

と昌美はふり向いて、建物を見上げると、眉をひそめた。

「私、きらいだわ」

「そうかい？　なかなかロマンチックじゃないか」

「ここは不吉だわ」

誠二は、昌美の真剣な口調に驚いた。

「どういう意味？」

「感じるの。わかるのよ。……ここは、死人の匂いがするわ」

この娘、少しおかしいのかな、と誠二は思った。そういえば『白い幽霊』を見たとかいって、ノイローゼ気味だったたと聞いたが……。

「私、とっても感受性が強いの」

「そう」

「……私を撮ってくれない？」

「え？　……ああ、いいよ。それじゃ……礼拝堂がいやなら林をバックにしよう。そのへんに立って。……そうだ。木にちょっともたれかかって。うん、いい感じだよ」

なんだ。なんのかのといって、結局、写真を撮ってほしかっただけじゃないか。

「よし！」

とシャッターを切って、

「もう一枚。少し上のほうを見て。……オーケー。できたら引き伸ばしてあげるよ」

「ありがとう」

「どういたしまして」

昌美はかすかに笑《え》みを浮かべて、

「やさしいのね。令子さんとはどんな仲なの？」

「ん？　まあ……ボーイフレンドさ」

「うらやましいわ、令子さんが。……ねえ、あなたは……」

「なんだい？」

「和江の殺された事件を調べに来たの？」

「調べにってほどじゃない。何かネタがつかめればと思って来てみただけさ。まあ、おかげで仕事をつかんだけれどね」

「お話があるの」

「ぼくに？」

「そうよ。和江の殺された件で」

「いったい、なんだい？」

「いまは話せないわ。今夜、十二時にここへ来てくれる？」

「夜中の？　無理だよ！　だって——」

「塀《へい》は乗り越えられるでしょ。お願いよ」

「なんなの？　何か重大なこと？」

「ええ。令子さんにいおうと思っていたんだけど、いま、いないから、あなたに聞いてほしいの。じゃ、きっと来てね！」

と返事も待たずに歩き出す。

「あ、きみ！　ねえ！」

と呼び止めようとすると、

「ああ、そうだわ」

と昌美は振り向いて、

「私のお葬式には、いま撮った写真を使ってもらってね」

というと、さっさと行ってしまった。

「なんだ、いったい？　……」

誠二は首を振った。少しおかしいんだ、きっと！　しかし、彼女のいいかたにはどことなくぞっとさせるものがあった。

誠二はしばらく考え込んでいたが、やがて風が強くなって震《ふる》えると、慌《あわ》てて、また仕事に取りかかった。


「それだけ食べりゃ大丈夫だわ」

父のベッドのそばで、令子は笑いながらいった。令子が作って来たカツサンドを四つ、ペロリと平らげ、大宅警部は、

「何をいっとる！　わしはもともと大丈夫だ」

「なんとかいっちゃって。私がここへ初めて来たときはウンウン唸《うな》ってたくせに」

大宅はじっと令子を見て、

「心配かけたな」

と優しくいった。

「本当。世話の焼ける親を持つとこどもは苦労するわ」

「こいつめ！」

と大宅は大笑いして、急に顔をしかめ、

「いてて……」

と、包帯を巻いた頭を押さえた。

「大丈夫？」

「ああ……。畜生め！　とっつかまえたら、ただじゃおかん！」

「怒るとまた熱が出るわよ。犯人の目星はついたの？」

「まだらしい。藤沢がいろいろ当たってくれているよ」

「パパを恨《うら》んでる人は多すぎるものね」

「全くだ。因果《いんが》な商売だよ。しかしわからん」

「何が？」

「わしを殺す気なら、なぜ公園でやらなかったんだ？　どうせあんな時間、人通りはないし。わざわざ、人目につく危険を犯してまでなぜ川まで、運んだんだ？」

「何か特別の理由が……」

「そうだろう。ひとりのやつが、『川でなきゃいけないのか』ってボヤいてたからな。わしが川へでもたたき込んだやつかな。……おい、令子、どうした？」

令子は父の問いが耳にはいらないようすで、

「まさか……そんなことが……」

とつぶやいている。

「なんだっていうんだ？」

「え？――ああ、ちょっとね」

「またおまえの口ぐせが始まった！」

令子は考え込んだ。林田和江の父は、水死だった。事故か自殺か。もし殺人だとしたら、やはり父と同じように、殴《なぐ》られて気を失ったところを川へほうり込まれたのではないだろうか？

和江が殺された直後、東京のデパートで、三好めぐみがそっくりの状況で殺された。林田が水死体で見つかった直後に令子の父がやはり危うく水死するところだった。犯人の言葉によれば、『水死でなければならなかった』らしい。確かに、殺すだけなら、川へ投げ込む必要はない。

瓜《うり》ふたつの殺人。瓜ふたつの水死……。

しかしそれにいったいどんな意味があるのだろう？

「どうしたっていうんだ？」

「ううん、なんでもないの」

令子は首を振った。

「怪《あや》しいぞ。おい、危ないまねはするなよ。とっとと学校へもどれ」

「失礼ね！」

と令子が父をにらみつけたところへ藤沢刑事が顔を出した。

「警部、いかがですか？　やあ令子さん」

「なんだ、何かわかったのか？」

「当たってるんですが、いまのところこれといったやつに出会いません。すみません」

「わしの具合など気にせんでいい！　勤務中に見舞いなどするやつがあるか！」

と大宅がどなった。

「はい！　じゃ、また――」

藤沢が慌《あわ》てて出て行く。

「パパ！　ひどいわよ、心配して来てくれた藤沢さんに！」

「なんだ、あいつの肩を持つのか？」

「ええ。悪いかしら？」

「おまえ、藤沢に気があるんじゃあるまいな」

「ばかいわないで！　送ってくるわよ」

と令子が病室を飛び出すと、大宅はニヤリと笑った。

病院の玄関で藤沢は待っていた。

「藤沢さん！　ごめんなさい、パパったら、救いがたいんだから」

「いや、ああでなくちゃ心配さ、かえってね。――ところで、頼まれたもの」

と藤沢がコートのポケットから、二通の封筒を取り出す。

「ありがとう！」

「いや、大した手間じゃないよ。しかしいったい何事だい？」

「ううん。ちょっとね」

「気をつけてくれよ」

「いやね！　パパと同じことといってる」

と令子は笑った。

病院の近くの喫茶店で、令子は封筒の一通をあけた。中身は、山水学園の教師の調査報告。『悪魔学』の本といっしょに消えてしまった封筒にはいっていたもののコピーだ。

令子はコーヒーをすすりながら、ざっと目を通した。——別段、過去に不審な所のある教師はないようだ。みんな、かなり有名な私立高校から引き抜かれた教師ばかりで、疑わしいところはない。またあとでゆっくり目を通そう。

もう一通の封筒をあけると、一枚のメモ用紙に、女性の名前が四つと、それぞれの電話、住所が書いてあった。

令子は席を立って、レジで百円玉を十円玉に両替してもらうと、店内の赤電話へ行った。メモを見ながらダイヤルを回す。

「もしもし、山城《やましろ》さんのお宅ですか？ ——克子《かつこ》さんはいらっしゃいますか？ ——あ、あなたが克子さんですか？ 実は、林田和江さんのことで、ちょっと伺《うかが》いたいことが……」

令子は、和江の、あの未完の手紙に出て来た、『小学校時代の同級生』を捜しているのである。和江が殺されたとき、一応、和江の親しかった友だちにも警察は話を聞いた。そのリストを藤沢からもらったというわけである。

三番目で、令子は目ざす相手にぶつかった。

「あ、それなら覚えてます。和江と最後に会って散歩したときに……。ええ、その空き家ですか？　わかりますよ。――ええ、構いません。お待ちしてます。――ここへは中央線の――」

ハキハキとした返事をする娘で、令子はさい先がいいわ、と思った。

「こんなことパパにはいえないな」

とひとりごとをいって、令子は喫茶店を出ると、駅へ向かって歩き出した。

道の向かい側で、さりげなく喫茶店をながめていた人影が、ゆっくりと、間をあけて令子のあとをつけはじめた。

死の住む館

「母は出かけてるんです」

と紅茶を出しながら、その娘はいった。

「どういう話ですか？」

——中央線の武蔵境《むさしさかい》駅から十五分ほど歩いた、まだあちこちに木立の残る住宅地。武蔵野らしい雑木林はさすがに姿を消したけれども、昔から建っていた古い家と、真新しい建売住宅が並ぶアンバランスな感じがかえっていかにも現代風である。

令子が訪れたのは、その新しい家のひとつで、〈刈谷《かりや》〉と表札があり、その娘は千《ち》鶴《づる》といった。

「せっかくの日曜日なのに、お邪魔してごめんなさいね」

「いいえ。父も日曜出勤で、どうせ留守番なんですもの。退屈してたところ」

千鶴は令子よりふた回りくらい大きなからだつきの女の子だった。屈託《くったく》のない笑顔、一本気らしい率直《そっちょく》さ。なんとなく山水学園の南条由紀子を思わせる。

「和江さんとは小学校からとか……」

「いちばんの親友だったわ」

と千鶴はため息をついて、

「あんなひどいことしたやつを八つ裂《ざ》きにしてやりたい！」

「それで、ちょっとききたいんだけど」

と令子は自分が警部の娘で、山水学園での奇妙な出来事を調べていると説明し、和江が父親に頼んで送らせた『悪魔学』の本、その中に挟《はさ》み込んであった書きかけの手紙のことを話した。

「――そんなわけで、こうして伺《うかが》ったの」

「なんだか薄気味の悪い話ね！」

といいながら、千鶴は好奇心で目を輝かせている。

「私は直接和江さんのことは知らないんだけれど、どうしてもほうっておけない気持ちなの」

「私でできることなら喜んで力になるわ」

と千鶴はすっかり乗り気になっているようす。

「で、あの手紙にあった空き家というのは……」

「このすぐ近くなの。行ってみる？」

「ええ！」

令子はニッコリとうなずいた。この千鶴はなかなか頼りになりそうだわ！

セーターにジーパン姿の千鶴は、玄関を出て鍵《かぎ》をかけると、令子を促《うなが》して歩き出した。

「この辺はまだ古い家がけっこう残っててね」

と歩きながら、バスガイドよろしく、右手の家は社長さん、左のお屋敷は土地を売った地主さん、その隣は小説家――と説明してくれる。

ふたりはちょっと狭《せま》くなった路地を抜けて、ちょうど千鶴の家の裏手へ出て来た。

「ほら、あの家よ」

不意に、陽がかげったような気がした。いや、実際は、まだ冬にしては暖かい日差しが背中をポカポカと暖めてくれているのだが、それでも令子は急に暗い影に包まれたようで、ゾクゾクッとする寒気に身を震わせた。

その建物は、木造の、かなり古びた洋館で、尖《とが》った屋根が周囲の建物を見下ろすようにそびえていた。二階建ての、かなりの大きさだ。灰色の石の塀。りっぱな門構えだが鉄の格子扉はすっかりさびついて、半分開いたままになっている。

空き家といっても、そうそう荒れ果てた感じではないのだが、それがかえって不気味で、なんだかいまにも窓が開いて、この世のものとも思えぬ顔がのぞきそうな気がする。

「……なんだかいやな所ね」

と令子がいうと、

「そう思う？　私もよ。……ここはみんな近寄らないわ。特にあれ以来」

「あれって？」

「ウン……。ちょっと気味の悪い話なんだけど」

「教えてちょうだい」

「私がまだ小学生のときだったわ。いまから……七、八年前ね、きっと。この辺で男の子がたてつづけに三人、ゆくえ不明になったことがあるの。誘拐《ゆうかい》かと騒がれたんだけど、べつに身代金の要求もなくて、どこかで事故にあったのかもしれないってことで、この辺一帯を捜し回ったの」

「そのときはもうここは空き家に？」

「ええ。でも、門は固く閉じてあったし、こどもがはいれるようなすき間はなかったから、ここへ迷い込むなんて考えられないというんで、捜しもしなかったのね。ところが……」

「どうしたの？」

「ゆくえ不明になって一週間ぐらいたってから、この辺に噂が立ったの。夜中にこの空き家からこどもの泣き声が聞こえるっていうのよ」

「まあ！」

令子は思わず声を上げた。

「それで、警察でもここを調べようということになって、門を壊《こわ》して中へはいったの」

「門を壊して？　でも、だれか持ち主がいるんでしょう？」

「そのはずだけど、了承《りょうしょう》を取ろうにも、その持ち主のゆくえがわからなかったらしいわ。――で、この家を調べると……」

「見つかったの？」

「ええ、古い空井戸《から》があってね、その底に落ちて死んでいたの」

令子はドキリと胸をつかれる思いだった。

「ひどい！　……」

「みんな首をかしげたわ。三人のこどもはべつに仲良しというわけじゃなかったの。どうやって屋敷の中へはいったのか、なぜそんな井戸へ落ちたのか……。でも結局は、遊んでいて誤《あやま》って落ちたという結論になったんだけどね」

令子は、何か、秘密を内に抱いて押し黙っているようなその屋敷をじっと見上げた。

「もし、和江さんに山水学園を紹介した浜名という人が、本当にここに住んでいたとしたら……」

「まさか！」

と千鶴が令子の顔を見た。

「ここはずっとだれもいないのよ。もし、だれかいれば近所で評判になるはずだわ」

「そのときだけ、つまり和江さんがおとうさんと訪ねて来たときだけ、いたのかもしれないわ。夜だったら人目につかないですむでしょう」

「じゃ、本当にそう思うの？」

令子はなんとも答えなかった。常識的に考えれば、よく似た家とまちがったのだと
いうことになるだろうが、この空き家の持つムード、どことなく暗い、不吉なムード
が、どうしても気になるのだった。

ふたりが門の前に立っていると、

「あら、千鶴ちゃん、何してるの？」

と声がした。ふり向くと、買物帰りらしい自転車に乗ったどこかのおばさん。

「あ、こんにちは」

と千鶴があいさつする。

「おかあさんは？」

「きょうは書道の会なの」

「まあ、忙しいわね。——この家にはいっちゃだめよ」

と真剣な顔になる。

「わかってるわ。ちょっと友だちに話をしてただけ」

「ここだけの話だけどね」

とその「おばさん」は少し声を低くすると、

「まだだれかがいるらしいってウワサよ」

「ここに？」

「夜、窓に明かりがチラチラするのを見た人がいるの」

「本当かしら？」

「さあね。でも近寄らないほうが無難よ。それじゃ、またね」

「さよなら！」

その自転車が行ってしまうと、令子と千鶴は黙って顔を見合わせた。それからふたりの目は、静まりかえった空き家へと向いた。

「……今夜、ここへ来てみるわ」

と、長い間黙っていた令子が口を開いた。

「私もいっしょに来る！」

と熱心にいう千鶴へ、令子は首を振って、

「だめよ！　もし、万一危ない目にでもあわせたら、私の責任ですもの」

「あら、私だって和江の親友だったんだもの、調べる資格はあるわ！」

と千鶴も譲らない。令子はしばらく考えてからニッコリして、

「そうね。ひとりよりふたりのほうが心強いし……」

「そうよ！」

「でも外からようすを見るだけよ。もし何かおかしなことがあったら、すぐ引き上げる。それでいい？」

「オーケー！　じゃ、もどって打ち合わせをしましょ」

ふたりは笑顔をかわして、千鶴の家のほうへともどって行った。令子は、千鶴がまるで昔からの友人のような気がしていた。それだけに、彼女までも危険へ引きずり込むわけにはいかない。慎重に取りかからなくては。慎重に……。

歩きながら、令子がもしあの空き家のほうをふり返っていたら、しめ切った窓の奥で、重いカーテンがかすかに揺れるのが目にはいっただろう……。

「もしもし、藤沢です」

電話の向こうから、藤沢刑事の礼儀正しい声が聞こえて来た。

「あ、藤沢さん？　令子です」

「やあ、何か用かい？」

「まあ、ちょっと調べてほしいことがあるんだけど……」

「いいよ、どんなこと？」

令子は、あの空き家の住所を読み上げ、

「この家の持ち主がだれで、何をしてる人なのか、調べてくれる？　それからね――」

「まだあるの？」

「この家で昔、こどもが三人死んだの」

「なんだって？」

「空《から》井戸に落ちたらしいの。もう、七、八年前のことだと思うんだけど、その事件についで、できるだけくわしく知りたいの」

「それはいいけど……」

藤沢がやや心配げに、

「いったい何をやってるんだい？　危ないことはしないでくれよ」

「大丈夫よ。無鉄砲なまねはしないから」

「それならいいけどね。もし、何かやるんだったら、止めはしないから、ぼくを呼んでくれよ。いつでもかけつける。——わかったね？」

「ええ、ありがとう」

令子は、今夜あの空き家を見に行くことを藤沢に話そうかと思った。藤沢に来てもらえば心強いのは確かだ。でも、と思い直す。何も危ないことをしようというんじゃない。ただ表からようすを見るだけだもの、わざわざ忙しい藤沢さんを呼ぶほどのことはない……。

「じゃ、藤沢さん、よろしくね」

「わかった。——いま、マンションにいるの？」

「ええ」

「彼からは連絡あった？」

「え？　——ああ、誠二さんのこと？　いいえ、こっちから電話するといって、まだしてないわ」

「かけたほうがいいよ。きっと心配してる」

「そうするわ。ありがとう」

「なかなか……いい若者じゃないか」

藤沢のいい方はどことなくぎごちなかった。

「ええ。ちょっとおっちょこちょいだけど、いい人でしょ?」

「ああ。……それじゃ、調べがついたら電話するよ」

「さよなら」

令子は受話器を置いた。

時計を見ると、五時半になっている。千鶴とは、あの空き家の前で、七時半に待ち合わせていた。六時に出れば十分間に合う。

「誠二さんへ電話しておこうかな……」

と呟いたところへ、答えるように電話が鳴った。受話器を取ると、誠二の声。

「やあ!　やっといたね!」

「あら、いまこっちからかけようと思ってたのよ」

「おとうさん、どうだい?」

「うん、もうだいぶいいわ。ありがとう」

「よかったね。ところで、ちょっと知らせておこうと思って」

「何かあったの？」

誠二は、昼間、加藤昌美がいったことを伝えた。

「──で、今夜の十二時に来てくれっていうんでね。仕方ない、行ってくるよ」

「そう……。昌美がそんなことを……」

令子はいやな予感に眉をくもらせた。

大体がふさぎがちの昌美だったが、〈私のお葬式にいま撮った写真を使って〉とは、あまりにも不吉ないい方だ。それに、何か話したいことがあるにしても、なぜいまになって、それも誠二にいう気になったのだろう？

「じゃ、気をつけて行ってね」

と令子はいった。

「今度は門番に見つからないようにするよ」

と誠二が笑いながらいった。

「何かわかったら、夜中でもいいから知らせてちょうだい」

「わかった。……ところで、あのハンサムな刑事さんは？」

「え？　藤沢さんのこと？　いろいろ手伝ってもらってるわ」

「そう。いい人だね」

「そうね」

「独身でいるなんて……惜しいよね」

「まだそんなこと、考えてもいないみたいよ」

「そうかい？　……ま、いいや」

何がいいのか、よくわからない。電話を切って、令子は、首をひねった。

「ふたりとも、同じようなことといって……。どうなってんの？」


同じ道も、昼と夜ではまるで違って見える。昼間、ちゃんと道順を頭に入れておいたつもりだったのに、令子は駅から千鶴の家へ行く道をまちがえてしまった。

道に迷うと、こういう住宅地は困ってしまう。道をきくような商店がないのだ。なんとか見当をつけて歩いて行くのだが、結果はますますわからなくなるばかり。

仕方なく、ちょうど通りかかったタクシーを止めて、武蔵境の駅までもどった。出発点から出直そうというわけである。

今度はうまく行った！　──最初のときは、曲がり角をひとつ見落としてしまったのだ。

そんなことで手間取って、あの空き家の前へ息せき切ってやって来たときは、約束の七時半を十五分ほど過ぎていた。

見回したが、千鶴の姿はない。来ないので帰っちゃったのかしら？　──いや、あの熱心さだ。十五分ぐらいのことで帰ってしまうとは思えない。

「まあ、少し待ってみよう……」

母親にいうと止められるに決まってるから、母親が風呂へはいったら出かけて来る、といってた。

「いつも七時半にお風呂なのよ」

それが今夜は、ちょっと遅れているのかもしれない……。

夜になって、冷え込んで来た。いちばん暖かいハーフコートを着込んでいるのだが、それでもつま先から凍るような寒さが這《は》い上がって来る。

暗い道だった。若い女性なら、ひとり歩きはためらうだろう。街灯も間隔が空いているので、中間は暗がりになってしまっている。この空き家の前は、ちょうどその暗がりだった。

　令子はポケットに両手を突っ込み、開きかけたままの門の奥へと目をこらした。そこには吸い込まれそうな深い闇が口をあけている。建物の黒々とした姿を見上げたが、どこからも光の洩《も》れているようすはない。

　やはり、ただのウワサにすぎなかったのだろうか……。

　令子は門の所まで歩み寄った。鉄の格子扉を握ると、その氷のような冷たさに手がしびれる。開いた門の間からそっと顔をのぞかせて、じっと見つめると、やがて闇の奥へと、石だたみの道が続いているのがぼんやりと目に映って来た。

　はいらない、という約束だ。もし、危険が待っていたら……。ここには藤沢も誠二もいないのだから。

「ただの空き家じゃないの」

　と呟《つぶや》く。はいってみようか？　それとも、千鶴の来るのを待つか。——そうだ。千鶴が来て、令子の姿がなかったら心配するにちがいない。もう少し待ってみよう。

　門から道のほうへもどろうとしたときだった。暗闇の奥から、

「こ、こ、こっちよ！」

とかん高い声が聞こえて来た。令子はハッとして、

「千鶴さん?」

と呼びかけた。——返事はない。令子はポケットからペンシルライトを取り出した。こういう支度《したく》は抜かりがない。しかし、そんな弱い光では、とても暗がりの奥までは届かない。

令子はゆっくりと門から中へはいった……。

さっきの声は、千鶴の声だったろうか? 細い、高い声だったので、はっきりしなかったが。

令子は、ペンシルライトの光で足下を照らしつつ、建物のほうへ足を進めた。暗がりの奥へ奥へと進んで行くにつれ、何か不思議な気持ち——だれかが待っている、という感じが令子を捉《とら》えた。

不意に、目の前から、あの、

「こっちよ!」

という声が聞こえた。ペンシルライトの光を正面へ向けると、玄関のドアがキーッときしみながら閉じようとしていた。

「千鶴さん？　……そこにいるの？」

ドアは、細く開いたまま、動かなくなった。令子はドアの前に立って、ためらった。いくら度胸のいい令子でも、家の中へはいるのは、いささか怖かった。しかし、いまの声が千鶴の声だったら、ほうって帰るわけにはいかない。

「千鶴さん……」

令子はもう一度呼んでみた。そのとき、

「キャーッ！」

鋭い悲鳴が建物の中から聞こえた。令子は怖さも忘れて、ドアの中へ飛び込んで行った。

正面の階段が光の中に浮かび上がった。上へと光を走らせて、令子は目を見張った。階段を上りきった所に、奥から光が洩《も》れている！

さっきの悲鳴は、かなり遠くからのようだった。あの奥からだろうか？　——ともかく、ほうっておくわけには行かない。令子は、藤沢に来てもらえばよかった、と思った。しかしいまそんなことをいっても仕方ない。

「なんでもないのかもしれないわ……」

と自分にいい聞かせる。千鶴が懐中電灯か何かを持って、ひとりで中へはいっているのかもしれない。あの悲鳴は、ネズミの死んだのでも見つけたせいかもしれない……。

そうよ、ただの空き家なんだもの。——令子はひとつ深呼吸をして、階段を上りはじめた。

古い家とはいっても、造りはしっかりしているらしく、階段もきしんだりはしない。静まりかえった中に、自分の足音だけがカッ、カッと響いている。

二階へ上ると、まっすぐに長い廊下が走っていた。あの光は、いちばん近いドアがあけ放されていて、その部屋からさしているのだった。懐中電灯や蛍光灯の明かりではない。ほの暗く、ユラユラと揺れる光だ。

「こっちよ!」

かん高い声がその部屋から呼んだ。令子はそっとそのドアへ近づいて行った。

ごく、ありふれた部屋だった。床は絨毯《じゅうたん》、部屋には、布で覆《おお》われたベッドとテーブル、椅子……。テーブルの上で、ずいぶんと古めかしい石油ランプが光を投げていた。人の姿はない。部屋へ足を踏み入れると、

「こっちよ！」

とすぐ横で声がして、ギョッと身をひいた。——小さな戸棚の端に、一羽のオウムがチョコンととまっていた。

令子はフウッと大きな息を吐《は》いた。

「びっくりした……。オウムがしゃべってたのか」

あの悲鳴もこのなき声だったにちがいない。人をおどかして、全く！　ホッとすると同時に、笑いたくなった。

しかし、ここにだれかがいることは確かだ。電気が通じていないから、石油ランプなどという旧式な物を使っているのだろう。だれが？　そしてその人物は、いまどこにいるのだろう？

「早いところ引き上げたほうがよさそうだわ」

とひとりごとをいって廊下へ出た令子は、見えない壁に突き当たったように立ちすくんだ。

行く手をふさぐように、だれかが立っていた。

「……だれですか？」

やっとの思いで声が出た。声が震えている。答えはなかった。令子はペンシルライトの光をゆっくりと目の前の人間へ向けた。

異様な服装だった。黒い、床に届きそうな長い布をまとって、腰の所は細いひものようなもので結んでいる。そして顔は……スッポリとほとんど顔を隠す頭巾《ずきん》の陰になって、わずかに口元だけしか見えない。

令子は、それが、よくヨーロッパの修道院の写真で見る修道士たちの着ている服に似てる、と思った。しかし、胸に十字架は見えない。

その男が、ゆっくりと令子のほうへ進んで来た。令子はあとずさりながら、背後へ顔を向けた。

同じ黒衣の男がもうひとり、逃げ道をふさぐように廊下に立ちはだかっていた。

恐怖が令子の全身をかけめぐった。ここへおびき出されたのだ！　後悔してももう遅い。なんとか自分の力で切り抜けるほかはない。令子は度胸《どきょう》を決めた。こういう点は父親譲《ゆず》りの決断力がものをいう。

ふたりの黒衣の男は、ジリジリと令子へ迫って来ている。令子は男の長い袖口からのぞく手に、キラリと光る物を見た。ナイフだ！　林田和江が何度も刺されて死んでいたことがチラリと頭をかすめる。

まともに向かっても、たちまちねじ伏せられるのは目に見えている。こういうときには、相手が予想もしないような、思い切った手段に出るしかない。

令子はすばやく部屋の中へ飛び込んだ。男たちがそれを追って駆け込んで来る。令子はテーブルの上の石油ランプをつかむと、床へ力いっぱいたたきつけた。一瞬、部屋が暗くなったと思うと、次の瞬間、炎がどっと吹き上げた。男たちがあわてて壁ぎわへと身をひくと同時に、令子は目の前の火を一気に飛び越えた。火の上でも一瞬なら大丈夫なのだ。そのまま廊下へ飛び出し、暗い階段を、見当で駆け降りた。

「逃がすな！」

男の声が二階から聞こえてきたときは、もう令子は階段を降り切っていた。

やった！　これで逃げられる！　令子は玄関のドアをあけて外へ飛び出した。そのとたん、がっしりとした腕が令子の首を後ろから捉《とら》えた。

「あ……」

声が苦しげにとぎれて、ふり離そうとする力は急速に弱まった。令子はしだいに薄れて行く意識の中で、千鶴さんはどうしたのだろう、と考えていた。

誠二は、やっとの思いで塀を乗り越えて、庭へと降り立った。

真っ暗な林の間を、手さぐり同然で進んで、やっと明るい草地へと出た。夜にはいって、風が分厚い雲を吹き払ったのか、月の光が白々《しらじら》とあたりを照らし出している。目の前の礼拝堂は、月の光の下で、いっそう神秘的に見え、寒さも忘れて、誠二はその姿に見とれた。

「カメラ、持ってくりゃよかったなあ……」

と悔やんだが、仕方ない。まさか塀をよじ登るのに、重いカメラ持参というわけにも行かないじゃないか。

腕時計を見ると、十一時五十分だった。あまり遅れずに来てくれるといいけど……。大体、男を待たせるのは女の特権だ、ぐらいに思ってるからね、女性っていうのは。そのくせ男が仕事でどうしようもなく遅くなったら、プンと怒って口もきかない。全く勝手だよな。——誠二は妙なところでグチった。

令子はぼくのことをどう思ってるんだろう？　ただのボーイフレンドのひとりだろうか？　それは確かに、あの藤沢って刑事に比べりゃ、こっちはまだ頼りないかもしれない。しかしそれは年齢の差ってもんだし、刑事とカメラマンという職業の差でもある。

「なあに、いまにぼくもプロの中のプロになるさ」

と呟いて、ふっと人の気配にふり向いた。

「やあ、早かったね」

コートをはおった加藤昌美が、寒さに身を縮めるように立っていた。

「寒いだろう。……どこか風のよけられる所ないかな」

「こっちへ来て」

昌美は誠二の手を取ると、礼拝堂のわきをグルリと回って、ちょっとした小屋の前へ連れて行った。

「石炭やまきを入れておく小屋よ」

小屋の前の小さな腰かけに、ふたりは並んですわった。

「……話ってなんだい？　令子さんも心配してたよ」

昌美はじっと誠二を見つめて、

「私、殺されるの」

といった。

「だれに？」

「彼らに……」

「彼ら？　だれのこと？」

昌美は答えず、急に身を震わせると、いきなり誠二へ抱きついて来た。

「怖いの！　私、怖い！」

「だ、大丈夫だよ……し、しっかりして！　……」

面食らったものの、恐ろしさに震えている女の子をむげに突き放すわけにもいかず、誠二は軽く昌美を抱いて、力づけるように、

「さあ、落ち着いて」

と声をかけた。——内心、なかなかどうして、悪い気分ではない。令子にはいささか申しわけない気がしたが、女の子を抱くというのは、何か自分が急に頼りがいのある男になったみたいで、いい感じなのだ。

「さあ、ぼくがついてる。何も怖いことなんかないよ」

などと、いい気になっていると、ふと背後に草を踏む足音がした。ふり向こうとし

たとたん、頭に一撃を受け、誠二は短い呻《うめ》き声を上げると、地面へドッと転げ落ちてしまった……。

「真夜中です」

頭巾《ずきん》の下から、こもった声が告げた。――ベッドの上に、意識を失った令子が横たえられて、ランプの火に照らし出されている。ベッドの周囲を、あの同じ黒衣の、十人ばかりの男たちが取り囲んで、令子を見下ろしていた。

「この娘は、うってつけだ」

一同の中でも指導者らしい男が静かにそういうと、他の面々が黙ってうなずいた。

「反抗的すぎませんか」

と口を出したのは、さっき令子に逃げられそうになったひとりらしい。

「おまえたちが油断したのが悪いのだ」

といわれると、黙ってしまった。指導者らしい男は続けて、

「この娘の勇気、決断力、行動力は、我々のために、大きな力になる」

といいながら、令子の顔の上へ静かに手をのばし、

「おまえは我らの僕《しもべ》となれ……」

と祈るような口調でいった。

誠二は激しい痛みに思わず声を上げた。……どうしたんだろう？　ひどく寒いや、畜生《ちくしょう》！

誠二は、自分が地面に倒れているのに気づいた。

「そうか……」

思い出した。確か加藤昌美とここで……。だれかに殴《なぐ》られたのだ。頭が割れそうに痛い。二日酔いのほうがまだましだ、と誠二はのんきなことを考えながら、ソロソロとからだを起こした。

「そうだ……。昌美さん！　昌……」

周囲を見回すまでもなく、昌美は目の前にいた。うつ伏せに倒れて、ピクリとも動かなかった。誠二は、それが悪い夢であってくれたら、と祈るような思いで、昌美の背に突き立ったナイフの柄《え》を、じっと見つめていた。

千鶴は、そっと後ろ手に玄関のドアをしめると、もう十二時を回った深夜の道を駆け出した。

本当にツイてない！　今夜に限って母親は風邪をひいたといって風呂へはいらないし、こっそり出ようとしたら、帰って来た父親とハチ合わせ。夜遊びに出かけるのだと思われて、さんざんお小言《こごと》。

両親の寝入るのをじっと待っていたら、ついにこんな時間になってしまったのだ。

――まさか令子さん、いままで待ってはいないだろうけど、約束は約束だもの。一応、あそこへ行くだけは行かなくちゃ……。

走りながら、千鶴は、ふと何かこげ臭《くさ》い匂いに気づいた。なんだろう？　こんな時間にたき火ってわけでもないだろうに。その匂いはしかもだんだん強くなるようだった。

あの空き家が見える所まで来て、千鶴は立ちすくんだ。自分の目が信じられなかった。

あの屋敷が燃えている！　赤い炎が黒い館《やかた》の外壁をなめるように激しく吹き上げていた。

「……夢じゃないんだわ」

と思わず呟《つぶや》く。

「令子さん……」

いったい何があったんだろう？　——呆然《ぼうぜん》と立ちすくんだ千鶴の所まで、風に乗って火の粉《こ》が飛んで来た。

ユーウツな春

その朝、警視庁捜査一課では大きなアクビをする刑事が目立った。ほうぼうで同じような会話がくり返されている。

「おい、ゴールデンウイーク、どうだった？」

「どうもこうも……。こっちは休みも返上して働いてるってのにさ、女房のやつ、『父親とのスキンシップが足りないから、いまの子は自殺するのよ』なんておどかしやがって。仕方なしに動物園へ連れてったよ」

「それでアクビか」

「そうさ。おまえは？」

「おれはドライブだ。伊豆までな。道路は混んでるし、眠くなるし、クタクタだよ」

「まあ、しかし考えてみりゃ、普段はこどもをほったらかしだものな、これぐらいの罪ほろぼしは仕方ないかもしれねえな」

「そういわれりゃそうだ。毎晩遅く帰って、こどもの寝顔を見ると、すまないと思うよ」

そのとき、隣の席にいた藤沢刑事が、

「シッ！」

とふたりをにらみつけた。ふたりの刑事はハッとして口を閉じると仕事にもどって行った。藤沢がそっと横目づかいに、大宅警部のほうを見る。

大宅は刑事たちの話が耳にはいったのかどうか、明るい窓の外へとじっと顔を向けていた。そしてヒョイと立ち上がると、藤沢へ声をかけた。

「昼飯を食って来る」

「ご一緒しましょう」

と立ち上がりかける藤沢を手で止めて、

「いや、ちょっと用があるんでな。ひとりで行くよ」

と出て行った。その後ろ姿を見送っていた刑事のひとりが、ゆっくり首を振りながら、

「警部、寂しそうだなあ」

「そりゃそうさ」

と他の刑事がうなずく。

「もう三カ月以上だからな」

藤沢は何もいわずに、さめたお茶をガブリと飲んだ。窓の外には、もうまぶしいような五月の光が溢《あふ》れている。

「いったいどこへ行っちまったんだろうなあ、警部のお嬢さん」

という隣の席の刑事の言葉に、藤沢は黙って首を振った。

外へ出た大宅は、べつに食欲もなく、ブラブラと歩いて、近くの公園へ足を踏み入れた。噴水が日差しをキラキラとはね返して踊っているのを、ベンチにすわって眺めながら、大きくため息をつく。

「出るのはため息ばかりだ……」

若い女の子の笑い声が聞こえて、大宅はハッとふり向いた。若い恋人同士が手をつないで歩いている。若い女の子――十六、七の、令子と同じくらいの女の子の姿を見ると、思わずじっと顔を見るクセがついてしまった。もちろん、それが令子であるはずはないが。

「畜生！」

大宅は自分に向かっていった。娘がゆくえ不明だというのに、何もしてやれないもどかしさのせいである。

一月二十一日の深夜、藤沢が病院へ駆けつけて来た。刈谷千鶴という娘から警視庁へ電話があり、仕事で残っていた藤沢がそれを受けた。千鶴が、令子と調べるつもりだった館《やかた》が燃えていること、令子のマンションへ電話してもだれも出ないことを話すと、藤沢は即座に病院へ飛んで来たのだ。

病気どころではなくなった大宅が、びっくりしている当直の看護婦を突き飛ばしてパトカーに乗り込み、ふたりはマンションへ急行した。しかし、大宅の鍵で中へはいってみても令子の姿はなく、ベッドにも寝たようすはない。ふたりは青くなって、燃えている館へと向かったが、着いたときはすでに館はすっかり焼け落ちてしまっていた。

千鶴は、

「あの中に……もし令子さんがいたら……」

とすすり泣いた。

「私のせいだわ！　私が約束の時間に行かなかったから……」

最悪の事態への心構えをして、大宅は火事場を徹底的に調べた。なにしろ大きな館なので、大仕事だったが、消防署員のほかに、藤沢をはじめ手の空いた刑事たちが大勢駆けつけて来て手伝った。——しかし、焼け跡からは猫の死体ひとつ見つからなかったのである。

大宅はホッとしたが、それでは令子はどこへ行ったのか？　そのうちに帰って来るだろうという期待は、二日、三日とたつうちに空《むな》しいものになった。新聞などでも令子のゆくえ不明は報道されたのだが、なんの反響もなかった。

一方、山水学園で加藤昌美が殺された事件も大宅の不安をいっそう増した。最初、地元の警察は現場にいた誠二を容疑者として捕まえてしまったのだが、それは大宅の連絡で誤解が解け、誠二は釈放された。しかし、事件そのものはまたしても迷宮入りの様相で、今度ばかりは何人かの生徒が駆けつけて来た親に引っ張られて退学していった。

それでも二月、三月と時が過ぎ、学年も変わると、もう山水学園も以前と少しも変わらぬ日々を迎えるようになったのである。令子の名は、まだ学生名簿に〈休学〉の扱いで残っていた……。

この間、大宅や藤沢たちが何もせずにボンヤリと令子のもどるのを待っていたわけでは、むろんない。

まずあの館の持ち主が調べられた。しかしその人物は十年近くも前に外国でゆくえ不明になったままで、名目上ここはそのいちばん近い親類の所有だったのだが、その持ち主は一度もここへ来たこともなく、ましてや館に住んだこともなかった。そして警察の調査がすむと、早々にこの土地を売りに出してしまった……。

また、千鶴が令子から聞いた話に出て来た、浜名という人間——最初に殺された林田和江に山水学園を紹介した人物だ——を捜したのだが、和江の父も変死をとげてしまっていて、ついにわからずじまいであった。

大宅は自ら山水学園へ出向いて、図書館の本を片っぱしから調べてみた。浜名という人間についての何かを、和江はここで見つけているのだ。——しかし、三日がかりの調査も、小さな手がかりひとつ与えてはくれなかった。

その間に藤沢は、あの館で昔起こった、三人のこどもの変死事件を調べ直した。しかし、こちらも事故というには多少の疑問は残ったものの、令子のゆくえ不明や、山水学園での殺人との関連は見つけられなかった。

こうして、あらゆる道はふさがれて、あとはただ、どこかで令子を見かけたという申し出を待つほかはなくなってしまったのである。

そしてもう五月……。〈この人を知りませんか！〉と令子の写真をのせたポスターも、全国の警察の掲示板で、そろそろ色あせて来るころだった。

「令子……」

大宅はポツリと呟《つぶや》いた。

「生きていてくれよ」

「失礼」

「え？」

「刈谷千鶴さん？」

「ええ、そうです」

「ぼくは新村誠二といって――」

「あ！　令子さんの……」

「そうなんだ。実は、ちょっと話をしたいんだけど……」

誠二は学校帰りの千鶴を、彼女の家の前で待ち受けていたのだった。

「家へはいってもらえるといいんですけど……。あの事件のことをいうと怒られちゃうんです」

「時間があれば、どこかでお茶でも——いや、アイスクリームでもチョコレートパフェでもいいけど」

「ええ、いいですわ」

セーラー服に学生カバンを下げたままの千鶴は、誠二と一緒に駅前までもどって、小さなパーラーへはいった。

「なんでも注文してね。構わないから」

誠二にしては珍しく大きく出たのは、あの山水学園での撮影の謝礼が四月になってはいって来たからだ。——令子のことで頭がいっぱいだった誠二は、そんなことはすっかり忘れていたのだが、まあ、いくら恋人のことが気にかかるとはいっても、何も食べずに生きては行けない。

やれやれ、少しでも助かるよ、と封を切って、中から出て来た小切手を見て目を丸くした。五十万！――五万円のまちがいじゃないかと、何度もゼロの数を数えてみたが、確かに五十万円の小切手である。

翌日銀行へ持って行き、通帳に〈500000〉と印字《いんじ》されたのを見て、やっと信用する気になった。なにしろいままでの預金全部の倍以上の額なのだから、気が大きくなるのも当然だろう。

誠二は、これで二、三カ月は仕事なしでも食べて行ける、と思いついた。その間、令子のゆくえを捜すことに打ち込もう、と決心したのである。

「――そんなわけで、まずきみに会って直接話を聞こうと思ってね」

「そうですか。私も令子さんのことはずっと気になってて……。一度会ったきりだけど、本当にいい人だったわ。私も学校がなかったら自分で調べるんだけど」

「きみまでゆくえ不明になったら大変だよ」

と苦笑いして、

「ぼくも一応、警部から話は聞いてるんだけど、もう一度くわしく話してくれない？」

「ええ、いいですよ」

「あ、アイスクリームが溶《と》けるよ、食べながらでいい」

読者の中には、令子の生死もわからないのに、誠二がずいぶんノンキだ、男は冷たい、なんて目を三角にする人がいるかもしれないが、人間、何カ月も心配ばかりしてちゃ生きていられないものなのである。

ま、それはともかく、誠二は千鶴の話にじっと耳を傾け、

「——あの火事の原因は結局わからずじまいだったんだね」

「ええ。浮浪者がたき火でもしたんじゃないかって……」

「そうだなあ。ああいう空き家にはよくそういうのがはいり込むからね。その近所の人が明かりを見たっていうのも、それだったのかもしれないね」

「じゃ、令子さんは……?」

「中へひとりではいって行って、そういうやつらに捕まって……」

「そんな!」

「全く、彼女、無鉄砲だからなあ。やめろといったって聞きやしない」

と誠二がグチると、千鶴がキッと目をつり上げ、

「何よ！　恋人がどんな目にあってるかもしれないのに、そんな文句なんかいってる場合じゃないでしょ！」

とどなった。

誠二がびっくりして目を丸くする。千鶴はすぐに顔を赤くして、

「すみません。つい……」

と頭をかいた。

誠二はニヤリとして、

「きみはいい人だなあ。——ぼくを手伝ってくれるかい？」

「ええ！」

「といって……何から手をつければいいか、見当がつかないんだけど」

そのとき、千鶴がふっと思いついたように言った。

「ね、ちょっと妙なことがあるんです」

「何だい？」

「あの焼けた館の跡、持ち主だった人が土地をだれかに売っちゃったらしくて、いま新しく家が建ってるんです」

「いい場所だものね」

「ええ。でも変なんです。何が建つのか全然わからないんですよ」

「というと?」

「マンションとか、個人の家とか、何も書いてないんです」

「見ればわかるだろう」

「工事現場全体がスッポリ布で隠れちゃって、見えないんです」

「それは変だね……」

誠二は眉を寄せて考え込んでいたが、

「よし、この目で確かめてみよう。案内してくれる?」

「ええ!」

ふたりは勢いよく立ち上がった。


「なるほどね……」

遠くから、防水布におおわれた工事現場を眺めて誠二はうなずいた。

「ねえ、全然わからないでしょう?」

「うん……」

誠二は何やら考え込んでいたが、

「きみの家にバドミントンあるかい？」

「ええ」

「持って来てくれないか」

十分ほどすると、スポーツシャツとジーパンに着替えた千鶴が、バドミントンのラケットと羽根を持ってやって来た。

「どうするんですか？」

と不思議そうな顔をする千鶴からラケットと羽根を受け取ると、誠二は、

「まあ、見てろよ」

といって、火事のあとも以前のまま残っている灰色の石塀のほうへ近づいて行った。塀《へい》はグルリと敷地を四角く囲んでいる。裏手に回ってみると、小さな通用門があり、工事の人間が出入りするためだろう、開いたままになっていた。

「うまいぞ」

誠二は素早く周囲を見回し、バドミントンの羽根をエイッと手で塀の中へほうり込

んだ。

「ここにいるんだよ」

「気をつけて！」

誠二は通用門からそっと顔をのぞかせた。セメントの袋を積んで手押し車を押している男が目の前を通って、ヒヤリとしたが、男は誠二には気づかないまま行ってしまう。男が遠ざかるのを待って、誠二は塀の内側へとはいり込んだ。

火事のせいだろうか、地面も土色というよりは、灰が積もったような色で、石塀の内側も黒くこげたように変色していた。目の前にスッポリと防水布に包まれた建物は、何にせよかなりの高さだった。普通の建物なら四階か五階分はあるだろう。少なくとも個人の家にしては大きすぎる感じだ。

マンションか、アパートだろうか？　しかし、それなら建築中に〈完成予想図〉の看板ぐらい出るはずだ。——防水布は地面にしっかり杭《くい》で固定されていたが、ちょうど出入口のように、その一部がヒョイとまくり上げられている。

「あそこから中をのぞけたら……」

と思ったが、中からはさかんに人の話し声が聞こえて来る。誠二は建物の横手へと

塀伝いに回って行った。そこで、

「しめた！」

と呟いたのは、防水布を地面に固定している杭が一本はずれて、そこにすき間ができていたからだった。

誠二は身をかがめて、布をそっと持ち上げると、中をのぞき込んだ……。

目の前はただの壁だ。誠二は上のほうへと目を上げようとして、背後に何かの気配を感じた。ハッと布から顔を出してふり返ると、二、三メートル離れた所に、真っ黒な大きな犬がいた。白い、尖《とが》った歯をむき出し、耳をピンと立てて、ウー……と低いうなり声を立てている。

誠二はゾッとして足がすくんだ。犬はいまにも飛びかかろうとするかのように頭を下げて身構えた……。

「大丈夫かしら」

塀の外で、千鶴は気をもんでいた。あの誠二っていう人、マジメでいい人らしいけど、ちょっとオッチョコチョイのところもあるみたいだから……。

千鶴はなかなか人を見る目がある、というべきだろう。

「遅いなあ」

まさか、またゆくえ不明なんてことにならないだろうな、と千鶴は心配になって来た。

そこへ、

「何をしてるんだね？」

急に後ろから声をかけられて、千鶴は飛び上がりそうになった。——六十歳ぐらいの、その割には背の高い紳士が立っていた。ずっとそこにいて見ていたのにちがいない、と千鶴は感じた。

「あの……友だちを待ってるんです」

千鶴はできるだけさりげない調子でいった。

「そうか。君はこの近くに住んでるのかね？」

「ええ、この先の……」

「ではご近所になるわけだ」

「え？」

「私は、この、いま建てている家の持ち主でね」

「はあ……」

いかにも金持ちらしい、りっぱな背広を着た紳士は軽く微笑《ほおえ》んだ。しかし、ソフトを目深《まぶか》にかぶり、豊かな口ひげをたくわえて、少し色のついたメガネをかけているので、表情はよくわからない。

「きみの名前は？」

「……刈谷……千鶴です」

ちょっとためらってから千鶴は答えた。

「千鶴か……。いい名前だ」

老紳士はひとりごとのようにいうと、

「早く友だちが来るといいね」

と、軽くうなずいてみせ、歩いて行ってしまった。千鶴はフウッと息をついた。老紳士の後ろ姿を見送りながら、千鶴はふっと妙な気がした。その足取りがキビキビしていて、若々しいのだ。

——あの紳士、本当はもっと若いのかもしれない。あの口ひげは作り物じゃないだろうか。

紳士の姿が見えなくなったのとほとんど同時に、通用門から誠二が転がるように飛び出して来た。


犬は後ろ足で立てば、優《ゆう》に誠二の肩ぐらいまではありそうな大きさだった。おそらく猟犬《りょうけん》なのだろう。長い足、胴が細くくびれた流線形のからだ、鋭い歯。あれで喉《のど》にかみつかれたらひとたまりもない。

ウー……と低くうなりながら、犬は誠二のほうへ近づいて来た。誠二は思わず唇をなめた。なんとか逃げなくては！　しかし、急に動けば、とたんに犬が飛びかかって来そうだ。――ジリジリと足を横へ滑《すべ》らしてみる。犬もそれにつれて向きを変えながら、油断なく身構えている。

裏手へ向かおうと、からだの向きを変えたのがいけなかったのかもしれない。犬が地をけって襲いかかって来た。

「ワッ！」

と声を上げて、無意識に手にしていたラケットを突き出した。正に幸運！　犬がその鋭い歯でラケットのネットへかみついたのだ。ビニールが歯にからみついた犬は、それをふり払おうともがいた。誠二は全力で走った。工事現場の人間が見ているかどうか、そんなことを考えているひまはなかった。

無我夢中で通用門から飛び出すと、

「逃げるんだ！」

と千鶴の手をつかんで駆け出した。

「――もう大丈夫」

ハアハアと肩で息をしながら、誠二はいった。

「ごめんよ、びっくりしたろう」

「いったい、どうしたんですか？」

誠二は犬のことを話した。

「ラケットがだめになっちまった。買って返すよ」

「そんなことといいです」

千鶴は笑いながらそういってから、自分に声をかけて来た紳士のことを話して聞かせた。

「フーン」

何やら考え込んでいた誠二は、何か思いついた様子で言った。

「あそこの門が見えるような場所に、旅館かアパートの空き部屋がないかなあ」

「旅館なんてないですよ。こどものころから仲良くしてる子の家からは見えるけど、だいぶ離れてるし……」

「離れてるのは構わないんだ。今夜ひと晩、部屋を使わせてもらえるかな?」

「きいてみましょう。彼女のおねえさんが結婚していなくなったから、ひと部屋空いてるはずです」

「頼むよ」

交渉は幸いうまく運んで、その家の二階の一室へ、ふたりは上がってみた。窓を開けると、確かにだいぶ距離はあるが、あの館の門がよく見通せる。

「よし、十分だ。じゃぼくは支度があるから、いったん帰って二、三時間でもどって来るよ」

「何するんですか?」

千鶴は胸がワクワクして来た。

「ぼくの商売を知らないのかい？　これでもプロのカメラマンだぜ」

誠二はニヤリと笑った。

誠二がその部屋へもどったのは、もう夜も七時を過ぎていた。肩からカメラとレンズのケース、三脚、それに何やら細長いケースをかかえている。

「何を持って来たんですか？」

とあきれ顔の千鶴へ、

「商売道具さ。きみは家へ帰らなくていいのかい？」

「この子と一緒に勉強するっていって出て来たんです」

「そうか。さて、さっそく支度だ」

と誠二はカメラを三脚へ固定すると、標準レンズをはずして、細長いケースから五百ミリの望遠レンズを取り出した。

「五百ミリだぞ。借り物だけどね。これなら、あれぐらいの所でもバッチリ大写しできる」

「でももう夜ですよ」

「大丈夫。高感度フィルムだからね。暗い所でもちゃんと撮《と》れる」

「何を撮るんですか？」

「あそこへ出入りする人間を片っぱしからね。――あんな猛犬を飼っているのを見ても、どうやらその紳士、まともじゃない。それなら、きっと人目につかないように、夜、あそこへやって来るんじゃないかと思ってね」

ファインダーをのぞいた誠二は、

「車だ！　ツイてるぞ！」

と声を上げた。リンカーンか何か、えらく大型の外国車が、門の前へと横づけされるところだった。シャッターがモータードライブでジー、カシャッ、ジー、カシャッ、と続けざまに落ちる。

「工事現場からだれか出て来た！　……何人もだ……三人……いや四人だ。女もいる。……あれは――」

誠二がハッと息をのんだ。シャッターが鳴る。千鶴が思わず、

「どうしたんですか？」

ときいた。ファインダーから目を離した誠二の顔はやや青ざめていた。

「車は行っちまった。……いま撮ったフィルムをすぐに現像してみよう。この辺にカメラ屋はあるかい？」

「ええ、五分ぐらい歩いた所に」

「暗室を借りたいんだ。使わせてくれるかな」

「大丈夫」

千鶴はニッコリして、

「そこの子とは中学で同級だったの」

誠二は笑顔になって言った。

「きみは大勢友だちがいるんだなあ！」

――もう店は閉まっていたのに、カメラ屋の主人は快く暗室を貸してくれた。

誠二が暗室へはいっている間、千鶴はそこの娘としゃべっていた。強度の近眼でメガネをかけた、のり子というその娘は、興味シンシンといった顔で、

「ね、千鶴、彼、あなたの恋人なの？」

「ええ？　違うわよ！」

「ふーん。だってなかなかイカスじゃないの」

大体、ちょっと流行遅れの表現を使うのが、こののり子のクセなのである。

「そう?」

「とぼけちゃって!　恋人じゃなかったら、こんな時間に何やってるのよ」

千鶴は苦笑いした。

「いろいろとね……」

事情を説明しはじめたらきりがない。

「あの人にはちゃんとステキな恋人がいるのよ。ご心配なく」

「へえ、そうなの。つまんない」

誠二さんもまあ、なかなかいい人には違いない。でも恋人にはどうかしら?　ふとそんなことを考えて、千鶴はあわてて打ち消した。とんでもないわ!　あのかわいい令子さんがいるのに!

「私、この間ねえ、恋しちゃったのよ」

とのり子がしみじみした調子でいった。

「いいじゃないの。どんな人なの?」

「クラブの他校交流でね、知り合った男の子なんだけど……」

「それがさ、会ってポーッとひと目ぼれ。いい気分でホンワカしてたら、次の日に——次の日よ——その子がカッコイイ女の子と歩いてるのを見ちゃったのよ」

「へえ。本格的ね」

「あら、それじゃ……」

「ひどいわよねえ。なにしろわずか一日だけの夢ですもの。せめて一週間ぐらいは続いてほしかったわ」

のり子っていつもこうなんだから、と千鶴は内心笑いたくなるのをこらえた。熱しやすく、さめやすい。物理用語でいうと〈熱伝導率〉が大きい、ってこと。しかしまあ、それだけにフラれたショックも長続きしないという利点がある。

ところで、千鶴はまだ恋愛の経験がない。どうも同年齢の男の子たちはなんとなくうわついて見え、本気で付き合う気がしないのだ。どちらかといえば少し年上の、頼れる男性がいいと思っていた。

同じくらいかわいくて、同じくらいスタイルがよくても、パッと目立って男性の目をひきつける女の子と、そうでない女の子がいる。それは生まれつき身につけた雰囲気、といったようなもので、派手《はで》な服を着たから目立つというものではないのだ。

その点でいえば、令子はそういう目立つものを持っていて、千鶴にはそれがない。千鶴も自分でそれをよく知っていて、無理に男の子の気を引こうなどとは考えなかった……。

暗室から誠二が、まだ濡《ぬ》れた大判の印画紙を手に出て来たのは、一時間余りしてからだった。目が輝いている。

「どうでした?」

「これを見てくれ。ネガの一部を拡大したから粒子《りゅうし》があらいけどね」

ちょっとザラついた感じの写真だったが、手前に車の屋根と開いたドアの一部が見え、乗り込もうとする人間の姿が見える。千鶴はアッと声を上げて、

「この人のかげにいるの、令子さんじゃ……」

「やっぱりそう見えるかい? ぼくもそうかもしれないと思って、急いで焼きつけてみたんだ。横顔だし、少しこっちの男のからだで隠れちゃってるけど……」

「でも令子さんよ。きっとそうだわ!」

「よし! きみにもそう見えるのなら、まちがいない」

誠二は大きく息をついて、

「……生きててくれたんだ。よかった！」

といった。千鶴は、誠二の手が興奮のあまり震えているのに気づいた。そしてふと、ねたましいような気持ちがした。こんなに想われて、幸せだわ、令子さんって……。


そのころ、大宅警部のいるマンションの階段を、ある人影が上っていた。

急ぐでもない足取りで、三階まで階段を上ると、人気のない廊下に足音を響かせながら、並んだドアの間を歩いて行く。

その人影は〈大宅〉と表札のあるドアの前で立ち止まった。

大宅はやっとひとりきりで夕食を終えたところだった。食事の時間が不規則なのは、商売柄、いつものことだったが、令子がゆくえ不明になってからというもの、食欲もさっぱりだった。父親としては当然のことだろうが……。

「あいつを、事件の捜査なんかに引っ張り込むんじゃなかった」

この三カ月余り、何度同じことを考えただろう。なんといってもまだ十六歳のこどもなのだ。中間試験とか、ボーイフレンドとか、なんとかヒロミとか、そんなことを考えているのが普通なのに、殺人だのなんだのに鼻を突っ込むのを許したのは親の責任だ。――大宅はそう思いつめていた。警部の職を退くことさえ考えていたのである。

玄関でチャイムが鳴ったとき、大宅は食事のあとかたづけをしていた。急いで油のついた手を洗って、

「いまごろだれだ……」

とぶつぶついいながら玄関へ行った。

「どなた?」

とドアの手前で問いかけたが、答えがない。肩をすくめて鍵を開け、ドアを引いて

……大宅はしばし呆然《ぼうぜん》と突っ立っていた。

目の前に、令子が立っていたのだ。

空白の日々

よく、「盆と正月が一緒に来たみたいだ」などというが、令子が帰った日の大宅のマンションは、「盆と正月とクリスマスと子供の日と成人の日と敬老の日と勤労感謝の日と……」要するに一年中の休日に秋祭りをおまけに加えたみたいな騒ぎになった。

なにしろ誠二に千鶴、藤沢刑事はもちろん、都合のついた部下を全部呼んでお祝いのパーティーをやったのである。近所のレストランや寿司屋から、ありったけの食べ物を届けさせ、飲んだり食ったり、レコードをかけて、大宅自身までが令子と踊り出す始末。

びっくりしたのはマンションの下の部屋の人。

「いったい何やってんだ？」

ディスコでも開業したのかと、ようすをのぞきに来て、大宅に引っ張り込まれ、ついつい酒を飲まされ、ホロ酔い加減で帰宅して奥さんにとっちめられるはめになった。

誠二、藤沢の喜んだことはいうまでもない。お互いいままでになくライバル意識をむき出しにして、令子のそばにつきっきりでにらみ合い、令子を困らせたりした。

「きみがいない間、寂しくて死にそうだった！」

と誠二がいえば、藤沢が、

「ぼくは死んじまった！」

「じゃこんな所で何してるんだ？」

「電子レンジで生き返った！」

なんて冷凍食品みたいなことをいい出す。

ところで、パーティーというものは、酒抜きならともかく、酒がはいるとなれば、アルコールが回るにつれ、しだいに本来の目的は忘れられ、酒を飲むことだけが目的と化して来るのが世のならい。いまの場合も例外ではなかった。

大体パーティーの始まったのが夜中過ぎだったから、午前三時ごろにはかなり酔いつぶれる人も出て、やや静かになって来る。

「やれやれ、大騒ぎね」

やっと男性たちから解放された令子は、千鶴とふたりで自分の部屋へコーラのグラスを持って逃げ込んだ。

「令子さん……」

千鶴はしみじみとした口調で、

「本当にうれしいわ、帰って来てくれて！」

「ありがとう」

ふたりは笑顔で、グラスをチリンと打ち合わせた。

「乾杯！」

ふたりは令子のベッドに並んで腰をおろした。

「ねえ、令子さん、私、あなたが帰って来たって知らされただけで、何も聞いてないんだけど、いったい何があったの？　この三カ月、何してたの？」

「ウン……。それがねえ……」

と令子は困ったように言った。

「私にもわからないのよ」

「どういうこと？」

「あなたと、あの洋館の前で待ち合わせた晩のことは覚えてるのよ」

令子は館の中で黒い僧服のようなものをまとった男たちに襲われて気を失ったいきさつを千鶴に話してきかせた。

「あのあと、あそこは焼けちゃったのよ」

「ええ、パパから聞いたわ」

と令子はうなずいて、

「そして三カ月以上たったのね。……私、その間のことを何ひとつ覚えていないの」

「そんな……」

と驚く千鶴へ令子は困ったような笑顔を見せて、

「それが本当なのよ。時間がたったんだな、っていう感覚はあるの。でもその間が……まるで空《から》っぽの感じなのよね」

「じゃ、ここへ帰って来たのは？」

「はっきり覚えてるのはね、渋谷の駅前の人混みからなの。そこで、急に眠りからさめたみたいに、ハッとしたのよ」

「で、ここへ帰って来たわけ？」

「そう。その間もね、一所懸命考えてたのよ、いままで何をしていたのか、ってね。でも、どうしても思い出せないの」

「変ね……。ずっと意識不明で眠ってたとか……」

「そんなはずないわ」

令子はヒョイと立ち上がるとコーラのグラスを机の上に置いて、軽やかにダンスのステップを踏んでみせた。

「ね？　三カ月も寝たままでいたとしたら、足が弱って、こんなことできないわよ」

「それはそうね」

「だからね、回答はひとつしかないと思うの」

「何なの？」

「記憶喪失」

千鶴は目を丸くした。

「まさか！」

「まあ、三カ月もの長い間っていうのは珍しいけど、例がないことはないのよね」

と令子はまるで他人事《ひとごと》みたいにいった。

「中には何年間もゆくえ不明になってて、ある日突然帰って来る人もいるの」

「で、そういう人は、その何年間かは、どうしてるの？」

「ちゃんと生活してるのよ。前の生活を全く忘れてね。そしてある日、何かのきっかけで思い出す。そうすると、人によっては、今度は、その何年間かのことをきれいに忘れてしまうのよ」

「じゃ、あなたも、それかしら？」

「うん、そうだと仮定すると、一応わかるでしょ？」

「でも、その黒い服の連中に捕まったっていうのと、どうつながるの？」

令子はため息をついて、

「それがわかりゃ苦労ないのよ」

「そうねえ……」

「ああ疲れた！」

令子は大きく伸びをした。

「疲れたってことだけは確かだわ。なにしろ渋谷からここまで歩いて来たんですものね」

「歩いて？　どうしてまた——」

「お金、持ってなかったんですもの。仕方ないでしょ」

そういってから、令子はハッとして、

「そうだ！　ポケットに何かはいってるかも……」

と帰って来たときに着ていた服やコートのポケットを調べはじめた。

「なにしろ、気がついたときは、あの館へ行ったときのままの服装だったでしょう。冬の服だもの、暑くて暑くて。ここへ着いたら汗びっしょり。……でも、ずっとそれを着ていたはずはないのよね。ちゃんと洗濯してあって、そうくたびれてもいなかったんだもの。——あら、何かはいってる！」

千鶴は令子の手もとをのぞき込んだ。

「列車の切符ね」

「これは……。この駅、山水学園に行くときに降りる駅だわ！」

「まあ！　それじゃ——」

「日付は……きのう」

「あなた、そこから来たんだわ」

「どうやらそうらしいわね」

令子は頭をかかえた。あーあ、何がなんだか、さっぱりわからない！

「もう寝たら？　そうすれば何か思い出すかもしれないわ」

「そうね。でも怖いわ」

「何が？」

「目を覚ましたら、またどこか知らない所にいたなんてことになるかと思って」

「まさか！」

ふたりは声を立てて笑った。令子は、千鶴の肩に手を置いて、

「千鶴さん……。心配かけて、ごめんなさいね」

「そんなことないわ。お友だちじゃないの」

「ありがとう！　今夜――といっても、もう三時半か。どうする？　泊まって行くんでしょ？」

「そうねえ……。あす学校があるから」

「休んじゃいなさいよ」

と悪いことをいい出す。

「パパに学校へ電話させるわ。公用で休ませてくれ、ってね。そうすりゃ大っぴらじゃないの」

千鶴は笑って、

「たまにはいいかなあ。――じゃ、そうしよう！　家にも電話しとくわ」

「じゃ、ここへ余分なマットレスと布団を運んで来よう」

ふたりが出て行くと、おとなたちはみんなソファーで酔いつぶれて高いびき。令子は首を振って、

「どうでしょね。男っていやね、全く！」

ふたりは、大宅の寝室へ行って、押入れからマットレスや毛布を取り出した。

「じゃ、千鶴さん、そこの枕とシーツも持って来てね」

「オーケー」

令子はヨッコラショと大きなマットレスをかかえて、自分の部屋へ運んで行くと、ドサッと床へ置いた。とたんにだれかの手が後ろから令子の肩へ――。

「キャッ！」

とふり向くと、誠二が立っていた。

「なんだ、おどかさないでよ！」

「ごめんごめん。……でも、よかった。本当にきみに万一のことがあったらどうしようかと気が気じゃなかったんだよ」

「本当？　けっこう私がいないのをいいことに、ほかの女の子と遊んでたんじゃない？」

「ばか！」

と誠二がすごい剣幕《けんまく》でどなりつけた。令子は仰天《ぎょうてん》して飛び上がった。

「ご、ごめんなさい」

「本当に心配してたんだ、ぼくは……本当に……寝てても、いまにもきみが危ない目にあってるんじゃないか……そう思うと……」

「わかってるわ。ごめんなさい」

と令子はそっとささやくようにいった。

誠二が、いきなり令子を力いっぱい抱きしめてキスした。一瞬、逃げるように身をよじった令子だったが、すぐに力を抜いて誠二に抱かれるに任せた。軽く唇を触れるくらいのキスはしていたが、こんなに力強い、熱っぽいキスは初めてだった……。

毛布と枕を持ってやって来た千鶴は、令子の部屋へはいりかけたが、抱き合っているふたりを見て、急いで部屋の外へ身を引いた。

「……幸せだわ、令子さん」

と呟《つぶや》くと、キュッと胸が痛んだ。――そう。千鶴はちょっとやいていたのだ。

「何してるのよ……」

千鶴は自分に向かってそういった。

「あんたがもてるわけないじゃないの！」

そして明るい笑顔を作ると部屋へはいって行った。令子は誠二の胸に顔を寄せて、ウットリしている。

「よっ、ご両人！」

令子と誠二があわてて離れる。千鶴はクスクス笑い出した。

「ほら、これが写真だよ」

と誠二は大きく伸ばした写真を令子へ見せた。

令子がもどった翌日、警視庁の捜査一課ではなぜか二日酔いの刑事がやたらに多かった。

大宅も藤沢も令子の説明に、すっかり頭をかかえてしまっている。

令子がもどれば、山水学園からの一連の事件の手掛かりがつかめると思っていたのだが、その肝心の令子が、まるで何も覚えていないときては、どうしようもない。

そこへ誠二が、あの洋館の焼け跡に建っている、なぜか布で隠したままの建物のことと、持ち主だという奇妙な紳士のこと、それに高感度フィルムでそこから出て来た男女の写真を撮ったことを話した。

「ここに私がいるの?」

「よく見て。ほら、これ……」

令子は拡大鏡で、じっと写真を見つめた。

「ね、きみだろう? これを見て、きみが生きてると喜んだんだから」

大宅が不機嫌そうに、

「なんでわしに知らせない?」

と文句をいった。

「仕方ないでしょ。きのうなんですから、これ写したの。知らせようと思ってたら、警部さんのほうから、令子さんが帰って来たって電話して来たんですよ」

「そうか……。どうだ、令子、何か思い出さんか？」

令子は写真から頭を上げると、いった。

「これ、私じゃないわ」

誠二が目をパチクリさせて、

「きみじゃないって？　でも——」

「よく似てるけど、私じゃないわ。ほら、髪を見てごらんなさいよ。形が違うし、私より短いわ。たかが何時間かの間に、そんなにのびないわよ」

「ヘアピースじゃないのかい？」

「それなら、よく見ればわかるわよ。これは本当の髪だと思うわ」

「しかし……」

誠二はまじまじと写真を見つめて、

「よく似てるなあ」

そばで聞いていた千鶴が、

「いいんですか、恋人とほかの女性をまちがえたりして」

とからかう。誠二は頭をかいた。

「しかし、いずれにしろ、その建物は怪《あや》しいな」

と大宅は腕組みをしながら、

「といって、理由もなく捜査するわけにもいかん」

「ねえ、パパ、どうかしら。この写真を撮ったお部屋をパパから頼んで貸してもらうのよ。そして双眼鏡で、ずっと昼も夜も見張るの。出はいりする人間、車、全部をチェックするようにしたら?」

「うん。それはいいかもしれん」

大宅は千鶴のほうへ向いて、

「あんたの友だちの家だったね。紹介してくれるかな?」

「ええ、もちろん!」

「よし、それじゃすぐに二十四時間の監視体制を作ろう! 藤沢、チームを作ってくれ」

「はい」

「さて、と。ほかに打つ手はないかな」

と大宅は考え込んだ。

「この車は？」

と令子がきいた。

「いま洗わせとる」

「大きな車ね。リンカーンか何かでしょ。そう何台もないでしょうね」

「あとは、あの建物の持ち主ってやつの素性《すじょう》だ」

と誠二がいった。

「絶対にあそこには何かあるんだ。猛犬がいたりして……」

「それも調べさせとる。持ち主、施工主《せこうぬし》、請け負っている建設会社もな」

「パパにしちゃすばやいじゃない」

「何をいうか！」

「あとは私の三カ月余りの空白ね……」

令子はテーブルへきのう見つけた切符を出して、いった。

「手掛かりはこれだけよ」

「駅員にでもきけば何か覚えとるかもしれんな。問い合わせてみよう」

「あら、いいわよ。私、自分できくわ」

「自分で？」

と大宅が令子の顔を見る。

「そうよ。あすにでも行って――」

「何しに行くんだ？」

「何って……いやね、パパ。私、山水学園の学生なのよ！」

「それならもういい」

「いい？」

「退学しろ」

令子は目を丸くして、

「パパ！」

「東京の高校へ通えばいい」

「だって――」

「だって、じゃない。おまえはあっちへ行けばどうせまた探偵の真似《まね》を始めるに決まっとる！　絶対に許さんぞ！」

「冗談《じょうだん》じゃないわ！　ここまでやって来たのに、私にもう何もやらせてくれないっていうの？　そんなのないわよ！」

「だめだ！　まだこりないのか？　三カ月も四カ月も生死不明で人に心配をかけておいて……。もう二度と探偵ごっこは許さん！」

「ひどいわ！」

令子は激しく抗議したが、大宅はガンとして耳を貸さない。

頭へ来た令子は、

「わからず屋！　偏屈《へんくつ》！　石頭《いしあたま》！」

とわめいたが、大宅の決心は固い。

「それならいいわよ」

令子は宣言した。

「私、誠二さんと駆け落ちするから！」

「お、おい！」

と誠二が仰天する。ところが大宅は、いともあっさり、

「何も駆け落ちするこたあない。同棲でも結婚でもすりゃいい」

令子も怒るのを忘れてあっけにとられた。大宅は続けて、

「で、いつ式を挙げるんだ？　住む所がなきゃ、アパートぐらい借りてやるぞ。こどもが生まれたら、たまの休みには孫の面倒ぐらいみてやる」

「パパ、気でも狂ったの？」

「おまえが悪いやつにとっ捕まったり、殺されるよりはずっとそのほうがいいからな」

令子は、お手上げという感じで、ため息をついた。

「勝負あった、ってところだな」

誠二が笑いながらいった。

「冗談じゃないわよ！」

と令子はすっかりむくれている。

令子、誠二、千鶴の三人は、警視庁に近いレストランで昼食をとっていた。

「そう怒るなよ。きみのおとうさんだって、きみのことが心配だからああいってるんだ」

「それにしたって……」

「いっそどうだい、あのとおりにしたら」

「あのとおりって？」

「つまりぼくらが結婚して――」

といいかけて、誠二は口を閉じた。令子がすごい目つきでジロリとにらんだのだ。

「でも、あの令子さんそっくりの女性のこと、不思議ね」

と千鶴がいった。

「全くだな。きみ、双子の姉妹でもいるんじゃないのか？」

「いないわよ、そんなの！」

「じゃ他人の空似《そらに》か」

「それも変ね。こんな美人、そうざらにいるはずないし……」

誠二がちょっと咳《せき》込んだ。

「ともかく、私、このまま引きさがったりしないわよ！」

と令子はいった。

翌朝、マンションから大宅を送り出した令子は、スーツケースへ荷物をつめた。それから机に向かって、手紙を書きはじめた。

パパ。ごめんなさい。パパが心配してくれるのはとてもうれしいし、当然のことだと思うけど、いま、ここで事件を投げ出すことは、とてもできません。そうでしょう？　三カ月余りの間、自分に何が起こったのか、どこで、どうやって暮らしていたのか、知りたいの。それを知らないうちは、私、本当に安心して眠ることもできないわ。——山水学園へもどります。十分気をつけて、けっして無茶はしませんから安心してください。

令子

これで父が安心するとは思っていなかったが、こうしか書けなかった。

正直なところ、帰っては来たものの、令子は不安だった。あの男たちに捕まってからの三カ月余り、いったい自分の身に何が起こったのか、それが気がかりでならなかった。あの男たちはいったい何者なのか。そしてなぜ自分をさらって行ったのか。

……どう見ても、まともでない連中に捕えられた自分が、こうして元気にもどって来ているだけに、妙に不安だったのだ。もしかして……自分が記憶を失っているのは、死ぬほど恐ろしい目にあわされたからではないだろうか。

しかし、それがどんなにひどいことでも、はっきりと直面する勇気を持たねばならない。令子は、そう決心していたのだ。

手紙を書き終えて、居間のテーブルに置くと、玄関のチャイムが鳴った。

「はーい」

「ぼくだよ」

と誠二の声。

「あら、どうしたの？」

ドアをあけて、令子はびっくりした。誠二がカメラのバッグと、旅行カバンを持って立っている。

「旅行に行くの？」

「うん。きみのおとうさんにいわれてね」

「パパに？」

「そろそろきみが家出するころだ。一緒に行ってやってくれ、って」

令子は思わず、居間へ置いて来た手紙のほうをふり向いた。胸がジンと熱くなる。

「支度はこれからなのかい？」

「ちょっと待って。すぐすむわ」

令子は手紙を取り上げ、破って捨てると、新しい手紙を書いた。ただ一行。

「パパ、ありがとう。令子」と……。


令子たちが列車を降りたときは、もうすっかり夜になっていた。

ほかに客もなく、ふたりは駅の改札を出た。令子は駅員に、自分が持っていたあの切符を見せ、自分のことに見覚えはないかときいた。

「さて、わかんねえな……」

と駅員は首をひねった。

「あすの朝、また来てごらんよ。別のやつがいる。そいつにもきいてみるといい」

令子は礼をいって表へ出た。

「車は？」

「いないみたいね」

令子は駅前を見回して、

「電話しておいたから、来てると思ったんだけど……」

そこへ、相当古めかしい車がガタガタと走って来た。そしてふたりの前に止まると、運転席から、一見して猟師《りょうし》とわかるいでたちの五十がらみの男が顔を出した。

「あんたたち、山水学園へ行くのかね？」

「そうです」

と誠二が答えた。

「じゃ乗んなせえ。あそこの校長先生に頼まれたでよ」

「学校の車は？」

「故障しちまったんだと。直すのに手間取りそうだから、って電話して来たんだ」

「そりゃどうも」

ふたりは、後ろの座席に乗り込んだ。外見も古いが中も古い。走り出すと、またやけに揺れた。

「すごいクッションだ」

「本当ね」

そっといったつもりが、運転している男に聞こえたらしい。

「えらく揺れてすまねえな」

と申しわけなさそうにいった。

「もう少し行くと楽になるでよ」

誠二と令子は顔を見合わせ、肩をすくめた。

「——誠二さん、どうするの？　あの旅館に泊まる？」

「うん。そうするよ。やっぱり学校に泊まるわけにもいかないしね」

「そうね」

「気をつけてくれよ、くれぐれも」

「わかってるわ」

「さしあたりは……」

「さっきの駅員さんが、あすの朝来てくれっていってたでしょ。私、荷物を預けて来たっていって、行ってみるわ」

「そうか。じゃぼくも——」

「いいわよ。旅館に寄るから。部屋はあるかしら？」

「あるだろう。シーズンでもないし」

「藤沢さんからの連絡は旅館のほうへしてもらってね」

「うん。今夜電話しておくよ」

令子は、クッションの悪いシートにもたれた。本当に久しぶりの学校だ。

留年扱いになるだろうから、南条由紀子と一緒の部屋になれないかもしれないが、いずれにしろ小さな学校である。話す機会はいくらでもある。

学校へ行くのが楽しいと思ったのなんて、初めてだな……。

令子はちょっと笑って、暗い窓の外へ目をやった。そして、ふっと眉を寄せた。

「この道……」

「え？」

「違うわ。……山水学園へ行く道じゃないわ！」

「なんだって！」

ふたりはハッとして運転している男を見た。

「おい、止めろ！」

と誠二はどなった。

「どこへ行く気なんだ！」

「この車かね」

男は楽しげな声で、

「あの世行きさ！」

そういったと思うと、男はドアを開けて、アッという間に車から飛び出してしまった。

車は走りつづけている。何か細工《さいく》をしたのだろう。スピードもいっこうに落ちない。

「畜生！　飛び降りるんだ！　早く！」

令子はドアのロックをはずして、取っ手を引いたが、ドアはびくともしない。

「開かないわ！」

「こっちもだ。畜生め！」

誠二は身を乗り出して、前の座席へ移ろうとした。窓の外は真っ暗で、何も見えない。

「早く、誠二さん！」

やっと運転席へ転がり込んだ誠二は、ハンドルを握《にぎ》り、ブレーキを踏んだ。——効《き》かない！　何度も踏んだが、まるで効かないのだ。

「ブレーキが効かない！」

「どうする？」

「このドアは開くはずだ。きみも前へ来るんだ。そしてここから飛び降りるしかない」

前方、ライトが照らしているのは、細い山道だった。曲がりくねって、しかも、ひどい凸凹《でこぼこ》だ。誠二は必死にハンドルを操《あやつ》った。

令子は前の座席の背もたれを乗り越えようと必死になったが、なにしろひどい揺れ方で、思うようにいかない。天井へ頭をぶつけたり、足が窓へぶち当たって、ガラスが割れたり。

——それでもやっと前の座席へ頭から転がり込むのに成功した。

「よし、ドアを開けるんだ！」

座席へ這《は》い上がった令子はドアを開けようとした。

「——ここもだめよ！」

「畜生！　じゃ、開くのは、ぼくの側だけか」

「誠二さん、飛び降りて！」

「きみはどうする」

「すぐあとから降りるわ」

「しかしハンドルをちょっとでも放したら、どうなるかわからない……。なんとかぼくの後ろを通り抜けて行けないか？」

「やってみるわ」

令子はからだを横にして、運転する誠二の背後を通り抜けた。手をのばしてドアを開けようとする。

「――開かないわ！」

「さっき、あいつが飛び降りたのに……」

「もう一度しまったら、鍵がかかるようになってるのよ、きっと」

「あいつめ！　こうなったら、なんとか走り抜けるより仕方ない！」

「がんばってね！」

誠二は必死で前方に目をこらし、ハンドルを握りしめた。右へ左へ、目まぐるしく道はうねっている。

「誠二さん……」

令子が息をのんだ。行く手を大きな落石がふさいでいる。誠二がハンドルを切った。車が道をはずれて、ぐっと下を向いたと思うと、次の瞬間、車は崖《がけ》から飛び出して、まっすぐに落下していった。

再び山水学園へ

「令子さん、また山水学園に？」

「ああ、けさね」

と大宅警部は苦笑いして言った。

「全く、親の気持ちも知らんで、無鉄砲なやつだ！」

「そうですか……」

千鶴はうなずいた。

「すまんね、せっかくたずねて来てくれたのに」

「いいえ、とんでもない」

「ちょっとはいらんかね？　――ま、何もないが」

千鶴はちょっと遠慮したが、結局、大宅のマンションへはいって行った。大宅はコ

ーヒーをいれて千鶴へ出しながら、

「インスタントだがね。……あんた、兄弟は？」

「ありません」

「じゃひとりっ子ってわけか。ご両親が何かとやかましいだろうね」

「そうですね、遅く帰ったりすると。でもそのくせ、私にまだボーイフレンドがいないのかって心配したりするんですよ」

「ほう。いないこともあるまい」

「いいえ、私って大体が男っぽいもんですから」

「そうかねえ。いや、令子のやつはそういう心配はなさそうだが、ともかくあの命知らずには困ったもんだ」

「でも、それは警部さんの血筋で……」

「そうかもしれん。いや、あいつがちょっとそういう面に才能を持っているというんで、わしも自慢半分にあいつを犯罪の現場なんかに連れて行っていたんだ。それですっかり病《や》みつきになったらしいな。——だから半分はわしの責任でもあるのさ」

「でも令子さん、しっかりしてるから、大丈夫《だいじょうぶ》ですよ」

「ウム……。そうは思うが、いくらしっかり者でも十六歳は十六歳だ。殺人犯の相手をするには若すぎるからな」

大宅は不安そうに表情を曇《くも》らせた。そして時計を見た。八時半になっている。

「もう山水学園に着いとるはずだな。着いたら電話するようにと新村のやつへいっといたんだが……」

千鶴はコーヒーを飲みほすと、

「じゃ私、そろそろ帰らないと」

「そうか。すまんね。あんたにも、たぶん手紙か電話が行くと思うが」

「ええ。それじゃ、失礼します」

千鶴が帰って行くと、大宅はひとりでニヤリとした。なかなかしっかりした、いい娘だ。だが——と真顔にもどって、そんないい娘を捜査に引きずり込んだりして、万一何かあったら、それこそ両親に詫《わ》びる言葉もない。この件がかたづくまでは、あまり令子に近づけないほうがよさそうだ……。

「あいつは、電話するといっといて、いったい何をしてるんだ!」

とイライラしながら文句をいうと、とたんに電話が鳴った。

「噂をすれば、か。——はい、大宅です。——あ、どうも校長先生ですか。このたびはいろいろご心配をおかけして。——何かとごやっかいをかけると思いますが——は？　——令子が着いていないんですか？」

大宅は思わず受話器を握りしめた。

「そうなんです」

水元校長の、穏《おだ》やかな、しかし心配げな声が伝わって来る。

「実は学校の車が駅へ行く途中で、ちょっと故障《こしょう》しましてね。十五分ほど遅れたんです。駅前にはだれもいなくて……」

「確かにその時間に着くと、お電話したんですね？」

「はい。それに駅の改札の人にきいてみると、確かにそれらしいふたりが降りたというんですが」

「もしかして旅館のほうにでも——」

「それも問い合わせてみました。でも今夜着いた客はないそうなんです」

水元校長は申しわけなさそうな声で、

「きっと何か行き違いがあったんだと思いますが」

一瞬青くなった大宅だったが、そこはすぐに自分を取りもどして、

「わかりました。地元の警察へ、私のほうから連絡します」

「なんでもないとよろしいですけど……」

――校長からの電話が切れると、大宅はその場にすわり込んで頭をかかえた。

「畜生！」

と思わず口に出していった。


千鶴は家への道を急いでいた。一応きょうは令子の所へ行って来るといってはあるのだが、それでも遅くなればいい顔はされないに決まっている。

令子と誠二が、ふたりで行ってしまった――それも千鶴へはひとこともいわずに行ってしまったので、千鶴はいささか寂しかった。べつにふたりが一緒なのをやいているわけではないのだが、せめて自分には何かいっておいてくれてもいいのでは、という気持ちがある。

まあ実際には、ふたりはけさ発《た》ったのだし、千鶴は学校があったのだから連絡のしようがなかったのだろうが、それがわかっていても千鶴はおもしろくなかった。――

やはり、ちょっとやいているのかもしれない。

もうすぐ家だ、という所まで来たとき、背後から近づいて来た車が、千鶴の横でピタリと止まった。

「千鶴さんじゃないかね？」

「え？」

びっくりしてふり向くと、大きな黒塗りのリンカーンの窓がおりて、顔を出しているのは、あの工事中の建物の持ち主と名乗った謎《なぞ》めいた老紳士だった。

「確か刈谷千鶴さんといったね？」

「はい」

「私を覚えているかな？」

「ええ」

紳士は相変らずソフトを目深《まぶか》にかぶり、色のついたメガネをかけていた。

「お宅はこの辺だったね」

「すぐそこです」

「そうか。私は昼間は忙しくてなかなか工事のようすを見に来られないのでね。こうして夜にやって来るのさ」

千鶴は、いったいこの男は何のつもりでこんな話をするんだろう、と思った。しかし話しかけて来たのは向こうなのだ。少しきいてやっても怪しまれはしないだろう。

「いったいあれは何を建てていらっしゃるんですか?」

老紳士はニヤリと笑った。

「知りたいかね?」

「だって……なんだか外から見えないように隠してらっしゃるんですもの」

「べつに隠しているわけじゃない」

と笑って、

「近所迷惑にならんように、と思っとるのさ。夜も仕事をしておるんでね」

「夜も?」

「急ぐのでね、昼夜兼行《けんこう》というやつだ。……どうかね、もし興味があるなら特に見せてあげてもいいが」

「え?」

千鶴は相手の思いがけない言葉に目を丸くした。

「どうだね。いま、一緒に行って、ちょっとのぞいてみないか。家はすぐ近くだろう、五分もあれば帰れるよ」

千鶴は胸の高鳴るのを覚えた。これはきっとわなだわ！　誘いに乗っちゃいけない！　令子さんのように、どこかへ連れ去られてしまうんだわ！

「さあ、乗りなさい」

老紳士はドアを開けた。——気がついたときは、千鶴はリンカーンのゆったりとした豪華なシートに身を沈めていた。

千鶴は、令子が大宅のいうこともきかずに、命知らずの冒険へ飛び込んで行く気持ちがわかるような気がした。危険と思えば思うほど、その魅力も大きいのだ。

車はすばらしく快適な走りで、工事現場の門の前へ着いた。

運転手がドアを開けてくれる。ちょっとえらくなったような、いい気分。

「さあ、来なさい」

と老紳士は千鶴を促《うなが》した。

「暗いから気をつけて……。あの布の中は明るいからね。なにしろ二十四時間、交替で工事を進めているんだから」

「いったい何を造ってらっしゃるんですか?」

「見ればわかるさ」

と老紳士はじらすようにいって笑った。

「さあ、ここからはいるんだ。……頭を少し下げて」

千鶴は布の一部がカーテンのようになっている入口から、中へはいり込んだ。

確かに、中は明るかった。暗い外からはいると目がくらむようで、思わず目を細めた。老紳士が千鶴の肩へ手をかけて、

「これが私の秘密の建物さ」

といった。

千鶴の目の前には灰色の石の壁だけがあった。ゆっくりと目で高さを追って行く……。

「これは……」

あまりの意外さに、千鶴は目を見張った。

「そうだよ。これは礼拝堂なのだ」

老紳士が誇らしげにいった。

令子はせき込んだ拍子に、気がついた。パチパチと目をしばたたくと、ぼんやりと周囲が見えて来る。

どこか山小屋のような所らしい。板張りの壁、床。広さが十畳くらいのひと間だけの、簡単な小屋だ。令子は、自分が薄っぺらな布団に寝かされているのに気づいた。

——いったいどうしてここにいるのだろう……。

令子はハッとからだを起こした。

「誠二さん！」

そうだ、車ごと崖《がけ》から落ちて……川の中へ突っ込んだ。落ちる直前窓ガラスをけとばして破っていたのが幸いして、水が車の中へ流れ込み、ドアを開けられたのだ。あれで窓が破れていなかったら、外からの水圧でドアが押されて開けられないところだった。

ふたりとも車から脱け出したのは覚えているが、あとは急な流れの中で、ただ必死にもがいただけだ。そのうちに水を飲み、息が苦しくなって、気を失った……。

「ここは……どこだろう？」

いったいだれが助けてくれたのか。まさかここが天国ってわけでもあるまい。

「天国がこんなにみすぼらしいんじゃ、がっかりだわね」

と呟《つぶや》いて、ふと自分がえらくごわごわした、洗いざらしのゆかたみたいなものを着ているのに気づいた。どうやら男物らしい。助けてくれた人が着せてくれたのだろう、と思って顔が赤らむ。

ともかく誠二がどうなったのか、それが気にかかった。布団から起き出そうとしたとき、いきなり小屋の戸がガラッと開いた。

「やあ、気がついたか」

一見してこの小屋の主らしいとわかる、山男だった。古びたジーパンに、手製かと思うような皮のジャケットを着ている。

髪が台風にあったみたいにボサボサで、不精《ぶしょう》ヒゲを生《は》やしているので、おじさん、という感じだが、よく顔を見るとまだ若いようだ。

「――川で魚をとってたんだ。目が覚めたら食わしてやろうと思ってな」

手にしたバケツの中で魚のはねる音がした。

「しかしよく助かったもんだ。おまえを見つけたときはてっきり死んでると思ったぜ」

「あの……あなたが私を助けてくださったんですか？」

「そうさ。——といってもただ川岸にひっかかってたのを見つけて水を吐《は》かせただけだがね」

「ありがとうございました」

と令子が頭を下げると、男は愉快《ゆかい》そうに、

「何をいってるんだ！　しかし、よく帰って来てくれたなあ」

令子は目を丸くした。帰って来た？

「おまえがいなくなって、おれは必死で捜し回ったよ」

と男は続けていった。

「もう二度と帰って来ちゃくれねえだろう、と半ば諦《あきら》めかけてたんだ。——本当にうれしいぜ」

令子はただただ当惑するばかりだった。

「あの……すみませんけど……」

「なんだい？　そんなに他人みたいな口をきくなよ。おれたちは夫婦じゃねえか！」

これには令子もびっくりした。そりゃそうだろう。見も知らぬ男にいきなりそんなことをいわれて平気でいられるはずがない。

令子が呆然《ぼうぜん》としていると、男のほうもそのようすに気づいて、

「おい。……おまえ……おれのことを……」

令子はゴクリとツバを飲み込んでいった。

「私は大宅令子といいます。あなたはだれかと勘違いをなさってるんじゃありませんか?」

男は困ったようにため息をつくと、土間から上がって来た。そして布団に起き上がっている令子の前へあぐらをかいてすわり込むと、

「まあ聞けよ」

といった。

「一月の末ごろだ。えらい雪の降った翌日、おれは町まで石油を買いに出なきゃならなかったんで、朝早くこの小屋を出た。いい天気になってたが、凍りそうな寒さだった。谷川の流れを渡ろうとしたとき、おれは雪に半分埋《う》もれた人間を見つけた。それがおまえだったんだ」

一月の末。――あの黒衣の男たちに襲われたのが一月の二十一日だった。するとこ

の近くへ連れて来られたのか、と令子は思った。

「おれはてっきり死んでるんだと思ったぜ。道に迷って行き倒れになったのか、ってな。だが近づいてみるとまだ息がある。あわててこの小屋へ連れて来て、濡《ぬ》れた服を脱がし、火をおこして暖めたんだ。――なんとか死にはしなかったものの、それから三日間、えらい熱を出してな。こっちも離れるわけにはいかねえから、医者も呼べない。電話のある所まで、あの雪道を行ったら半日はかかっただろうからなあ」

男はちょっと思い出そうとするように首をかしげてから続けた。

「それでも三日たつと熱が下がった。全く、こっちもホッとしたぜ。そしてその晩、やっと目を覚ましたんだ」

令子は思わず小屋の中を見回した。ちょうど、さっき目を覚ましたように、ここで目を覚ましたのだろうか？　でも……覚えていない。思い出せない！

「ところが何をきいてみても、おまえはただキョトンとしているだけで、何もわからねえ。どこから来たのか、なんという名前なのか、どうしてあんな所に倒れてたのか。――ともかく何をきいても首をひねってるだけだ。見たところ、都会の娘らしいが、身元のわかるような物は何ひとつ持っちゃいない。参ったよ、全く。しかし、ともか

くすぐには まだ病《や》み上がりで出歩けないから、しばらくここで元気をつけろとおれはいったんだ。そのうちにゃ何か思い出すかもしれないし、町へも連れて行ってやる。そうすれば何かわかるだろう、とな」

令子はじっと、その男の話に聞き入った。どうも嘘とは思えない説得力が、その話にはある。

「——ところがことしは格別雪が多くて、おまえを連れて行けるようになったのは、やっと四月にはいってからだった。といっても最初は町まではとても無理だ。山道——といっても、およそ道といいえねえしろものだからな、それをずっと半日近くも歩かなきゃならねえ。少しずつ近くの山道で足ならしをして、初めておれはおまえを連れて町へ行った。四日前のことだ」

「四日前……」

「そうだ。町へ着いて、おれは警察署へ行った。だれかゆくえ不明になったって届けが出てるかもしれねえ。おれはおまえを警察署の建物の前に待たせて中へはいった。ところが中にいるのは新前《しんまえ》でまるで何もわからねえと来てやがる。で、偉《えら》いやつが一時間もすればもどるってんで、また出直して来ようと外へ出た。すると……もうおまえの姿はなかった」

しばし、男は言葉を切った。それから、ため息をついて続けた。

「あちこち捜したが、おまえはどこにもいない。最後に駅へ行ってきいてみると、おまえらしいのが、東京までの切符を買って列車に乗って行ったというんだ。――おれはガックリしたよ。おまえが何もかも思い出したのならそれでもいい。だが、おれにひとことといってくれてもよかったんじゃないか、って思ってな」

「はあ……」

令子もなんともいいようがない。自分が記憶を取りもどしたのは、東京へもどってから、渋谷の雑踏の中でのことだ。ではどうやって東京行きの列車に乗ったのだろう？

「だが妙なんだよ。おまえは金を持ってなかったはずなんだ。それでいて切符を買ってる。おまえに金を渡したのはだれなんだ？」

きかれて令子も困ってしまった。本当に知りたいのはこっちなのだ。――それにしても、この人の話はどうやら本当らしい。

「すみません」

令子は頭を下げて言った。

「私、何も覚えていないんです。あなたに助けていただいたことも、ここでの生活のことも、それに東京行きの列車へ乗ったことも、全然覚えていないんです。私が自分のことを思い出したのは、東京へ着いたあとなんです……」

「で、自分のことは思い出し、おれのことは忘れちまったってのかい？」

「すみません」

男は、

「やれやれ、冷たいもんだな」

と苦々しくつぶやいた。

「助けていただいたのは——それも二度も——本当に感謝しています」

と令子は精いっぱい、気持ちをこめていってから、ハッとして、

「私たち……夫婦だ、とおっしゃいましたね」

「ああ」

「それは……あの……」

と令子が言葉につまると、

「三カ月もこのひとつ部屋にふたりでいたんだ。まあ……なんとなくそうなったのさ。それも覚えてないのかい」

と男はちょっと寂しそうにいった。令子は青ざめた顔を見られまいとじっとうつむいていた。この人と……。本当なのだろうか？　そんな！　そんなことがあったら、忘れるはずがない！　でも……もしこの人のいうとおりだったら？

令子は誠二のことを思い出して、

「私と一緒に川へ落ちた人がいるんです。見ませんでしたか？」

ときいた。男はけげんな顔で、

「さあ、見なかったなあ」

と首を振った。

「若い男の人なんです」

「知らないな。そいつはおまえの……」

令子はちょっとためらって、

「お友だちです」

と低い声でいった。

「ふーん。……まあ、ともかく川で溺《おぼ》れかけたんだ。まだ少し寝ていたほうがいい」

「そうもしていられません。父も心配してると思いますし。……ここはどの辺ですか？」

「どの辺、っていってもねえ……」

「山水学園の近くですか？」

「あそこを知ってるのか？」

「私、生徒なんです」

「そうか……。山水学園なら山を越した所さ」

すると、私は山水学園から逃げて来たのかもしれない、と令子は思った。あの平和な学校の中に、何か秘密が隠されているとしたら……。

「お願いです。私を山水学園へ連れて行ってください！」

「そりゃいいけど……。きょうはもう陽が落ちる。あすなら連れて行ってやるよ」

「はい！」

「ともかくいまは少し横になって休め」

令子は素直に布団へはいった。

「なあ、陽子《ようこ》、おれは——」

といいかけて、男はふっと言葉を切り、

「陽子じゃなかった。……令子、っていうのかい？」

「ええ」

「そうか。名前がわからないんで、ずっと陽子と呼んでたんだ。おれのことは三郎《さぶろう》と呼んでくれ」

「わかりました」

「もともとこの辺の出身でな、いまは頼まれて、山火事の防止や何かを仕事にしてる」

三郎、と名乗った男は土間へおりて行った。令子は、布団にはいったものの、あまりにいろいろなことが一度に起こったので、かえって何も考えられなくなってしまった。

誠二さんは死んでしまったのかしら？　そんなことない！　きっとあの人、生きてるわ。死ぬような人じゃないもの、とまるで人間じゃないようだ。

それにしても、もし本当にこの三郎という人と私が……と思うと、令子の心は重く沈みがちだった。

「また令子さんが？」

警視庁へ電話した千鶴は、大宅の話を聞いて青くなった。

「そうなんだ」

「でも……誠二さんも一緒だったんでしょう？」

「ふたりともゆくえ不明さ」

「まあ！」

千鶴は危うく受話器を取り落としそうになった。

「何か……手がかりは？」

「いまのところ、ない。わしはこれからあっちへ行ってみるつもりだ」

「私もご一緒してはいけませんか？」

「いかん、いかん！」

大宅は厳《きび》しい口調でいった。

「あんたにもしものことがあったら、わしはご両親になんとお詫《わ》びすりゃいいんだね？」

　そういわれると、千鶴もなんともいいようがない。

「心配してくれるのはうれしいよ」

　と大宅が打って変わって、優しくいった。

「お気をつけて。きっと令子さんたち、大丈夫ですよ」

「ありがとう」

「あ、それから――」

　と千鶴は昨夜、あの工事現場へ案内されたことを急いで話した。

「礼拝堂だって？」

「そうなんです。何か宗教団体の関係の人だとかいっていました」

「で、わざわざ向こうからあんたを誘って、見せてくれたというんだね？」

「そうなんです」

「で、べつに何ごともなく帰してくれた、と……」

「そうなんです。でき上がったらぜひ遊びに来てくれといわれて」

「フム。どうも妙だな」

と大宅は呟いてから、

「しかしね、あんたもそんな無鉄砲なまねをしてはいかんよ。何もなかったからいいようなものの、そのままどこかへ連れ去られたらどうする？」

「すみません」

「そういうことが、もしまたあったら、ひとりで行っちゃいかんよ。藤沢に連絡しなさい。わかったね？」

「はい！」

——学校の昼休みに電話をした千鶴だったが、昼食を食べる気も失《う》せてしまった。

令子と誠二がゆくえ不明……。いったい何があったのか？　ふたりは無事でいるのか？　こんなときに授業なんか出たって仕方ない、という気持ちだった。いちばん大切なふたりの友だちが生死も不明なのだ。何か自分にできることはないだろうか？

「そうだわ」

あの老紳士は、別れぎわに、

「いつでも遊びにおいで」

といっていたっけ。それなら行ってやろう。あの老紳士がどこかで絡《から》んでいるのはまずまちがいないのだから。

でも、たったいま、大宅警部にいわれたばかりじゃないの、と千鶴は思った。確かに、どんな危険が待っているのかもしれない。しかしきいてみれば、やめろといわれるに決まっているし、それに令子も誠二も命をかけて戦っているのだ！

決心すると、千鶴は教室へもどって、気分が悪いから、と早退届を出して学校を出た。

「令子さんと誠二さんを助けなきゃ！」

自分を勇気づけるように、千鶴は口に出してそういった。

「大丈夫か？」

先を行く三郎がふり返ってきいた。

「大丈夫です」

令子は息を弾《はず》ませながらうなずく。

「もう少しで登りは終わりだ。あとは楽だからな。がんばれ」

「はい」

実際、道なき道の連続だった。なんといっても令子は都会育ち。かなりへばったが、ここでのびるわけにはいかない、と自分を励まして登りつづけた。

「——よし、ここで登りは終わりだ」

と三郎は立ち止まって、

「少し休もう」

「ええ……」

令子はそばの岩の上へすわり込んだ。——静かだった。草と木だけしか見えない。汗をかいていたが、微《かす》かな風が吹いて来てヒヤリと快《こころよ》い。

「ここからなら十五分もあれば行くよ」

三郎も令子と並んで腰をおろすと、いった。

——ふたりはしばらく黙ってすわっていた。

やがて三郎がいった。

「おまえがきのういってた……誠二とかいう男は……恋人なのか?」

令子は黙って目を伏せた。三郎も、それ以上きこうとはしなかった。

「——よし、行こう」

と三郎が立ち上がった。

ふたりは茂みをかき分け、木の根につかまりながら山を降りて行った。

「ほら、あれだ」

と三郎が指さすほうを見ると、山水学園の、あの礼拝堂が見えている。令子の胸に懐かしさがこみ上げて来る。いまはそれどころではない、とわかってはいても、やはり同室の南条由紀子の顔を思い浮かべると心が弾《はず》むのを抑《おさ》え切れないのだ。

「さあ行こう」

と三郎に促《うなが》されて、令子は足取りを早める。斜面を降り切った所に、小川が流れていた。

「おや、変だな」

と三郎が首をかしげる。

「どうしたんですか？」

「いや、こんな所に、川なんかなかったはずだけど……」

「そうですか」

「この山の中のことなら、自分の庭のようなもんだ。どんな小さなことでも見逃さないからね」

「じゃこの流れは……」

「ちょっと辿《たど》ってみよう」

ふたりはその小さな流れをさかのぼって、歩いて行く。どうやら学校のほうから流れているらしい。

「——おい、見ろよ！」

三郎がいった。その流れは、人工の水路から出ているらしい。

レンガでアーチ型を作って、その先はどうやら学園の中らしく思えた。

水路は一メートル半ばかりの高さがあって、かがんで中へはいれる。

「どうやら学園の中へ通じてるな」

と三郎は首をひねった。

「いつの間にこんなものを……」

「ともかく行ってみましょう」

令子の中の探偵の虫が目覚めたらしい。

ふたりはその暗い通路へと、足を流れで濡らしながらはいり込んで行った……。

よみがえる恐怖

「まだ、造られてそう長いことはないな」

暗いトンネルを、足を濡らして進んで行きながら、三郎がいった。

「まだ内側のレンガにコケも生《は》えていない。しかしいったい、だれがこんな物を……」

「学園の中へ通じてるみたいですね」

令子は足首まで水につかって、三郎のあとを歩きながら、何か不思議な恐怖に捉《とら》えられていた。この水の感触。水音。暗いトンネル……。そうだわ、ここを通ったことがある！　でもどうして、いつ通ったのか、思い出せないのだ。

ただ、不思議なことに、記憶はよみがえらないのに、なんとも知れない恐ろしさだけがはっきりと思い出されて来て、令子の足取りを重くした。

「——どうした？」

令子が遅れているのに気づいた三郎が、ふり返ってきいた。

「大丈夫か？」

「え、ええ……」

令子は気を取り直して、

「平気です。ごめんなさい」

と息をついた。

「もどろうか？　何も無理してこんな所から……」

「いいえ、大丈夫です。ここから行かなくちゃ。きっと何かあります。そんな気がするんです」

「よし、わかった。じゃ行こう。——そう長くはないんじゃないかな。ほら、先のほうが少し明るくなってる」

そういわれてみると、水路の奥がぼんやりと白っぽくなっている。光が見える。そう思っただけで、令子はなんとなくホッとする気分だった。

「足もとに気をつけて」

「はい……」

さらに十メートルほど進むと、それまで、ひんやりと湿《しめ》った空気だったのが、ときどき、乾《かわ》いた外からの風が吹いて来るのがわかった。どうやら出口は近いらしい。

「もう少しだぞ」

といったとたん、三郎は、

「アッ！」

と声を上げて崩《くず》れるように倒れた。

「どうしたんですか！」

と駆けつけると、

「来るな！」

と三郎が鋭《するど》い声で止めた。

「足もとに気をつけるんだ！」

令子はハッとして足を止め、目をこらした。水の流れから、上向きに鋭く尖《とが》った鉄の剣のようなものが顔を出している。ちょうど泥棒よけに塀の上などへ植え込むような物である。それがズラリと一列に並んでいるのだ。暗い中なので、よほど気をつけないとわからない。

「けがしたんですか？」

用心してそれをまたぐと、令子は水の中へ倒れている三郎を抱き起こした。

「ああ……。まともに踏みつけちまった。畜生！」

三郎は苦痛に顔をゆがめながら、けがをした右足の靴を脱いだ。令子は、

「まあ！」

と思わず声を上げた。ちょうど土ふまずの柔らかい所へグサリと刺さったらしく、血が溢《あふ》れるように流れ出て来る。靴の底を貫《つらぬ》いて刺さったのだから、よほど鋭く尖《とが》らせてあるのにちがいない。

「血を止めないと……。大変なけがだわ」

「ズボンのベルトを抜いてくれ。……そうだ。それを……」

三郎は唇をかみしめながら、ベルトで太もものあたりをギュッとしめつけた。

「もどりますか？」

「いや……。もどっても手当てはできない。このまま学校の中へ出よう」

「すみません、私のためにこんな目に……」

「気にするな。ちょっと肩を貸してくれ。……そうだ」

令子は三郎の体重によろけそうになりながら、必死に抱きかかえて歩き出した。

しかし、数メートル進んで、令子は足を止めた。外の光、と思ったのは、小さな電球の明かりで、水路はそこから上り勾配《こうばい》になって、さらに続いていたのである。

「困ったわ……。どうしましょう」

「外の風は確かに奥から吹いて来る。そう先はないだろうが……」

「あの坂になった所は上れないでしょう」

「ちょいと無理だな。きみひとりなら上れるかい?」

「ええ、たぶん。身は軽いほうですから」

「それじゃ、おれはここにいる。ひとりで行ってくれ。だれか学校の人を呼んで来てくれよ」

「でもひとりで大丈夫ですか?」

「これぐらいのけが、山で暮らしてりゃ、年じゅうのことさ」

と三郎は無理に笑顔を作ってみせた。電球の明かりに照らされた顔は青ざめて、脂《あぶら》汗《あせ》が浮いている。

「わかりました。それじゃ……そこにちょっと石の出てる所が……そこへすわって……。じゃ、すぐにもどって来ますから」

「頼むぜ」

と三郎はうなずいた。

かなり出血がひどいのは令子にもわかっていたので、置いて行くのは心残りだったが、しかし一緒にいても自分にできることはない。早くだれかを呼んで来て、病院へ運ばなくてはならない。

「気をつけろよ」

という三郎の言葉を背に、令子は、上り斜面の水路を上りはじめた。足が滑《すべ》って、なかなか思うように進まない。水が絶えず流れて来るのだから当然だ。

令子は意を決して、水路に腹這《はらば》いになった。たちまち全身がずぶ濡《ぬ》れになる。しかし這って行くと、かなり順調に前進するようになった。

頭上に、鉄の格子をはめた落とし口が見えて来た。もう少しだ！　令子は水をかぶって目が見えなくなるので、けんめいに頭を振りながら、一段と力を入れて進んで行った。

「着いた！」

手をのばして鉄の格子へ届いたときには、思わず歓声を上げた。力を入れると、格子がガタンと音をたててはずれる。令子は穴からやっとの思いで這い出した。

「やれやれ……」

全身、ずぶ濡れで、我ながらなんとも情けない格好である。しかし、いまはそんなことをいってはいられない。三郎がけがをして待っているのだ。

「ここはどこかしら？」

見覚えのない部屋だった。ガランとした、灰色のコンクリートの、割合に広い部屋だが、机も何も置いていない。文字どおりカラッポの部屋なのである。使っていない空部屋《あき》なのだろうか？　それにしては、電球がついているのが妙だが……。

窓もあるのだが、板を打ちつけて、すっかり塞《ふさ》がれている。

「そうか、ここは礼拝堂なんだわ」

と令子は呟《つぶや》いた。――しかし、ここは閉め切ってあって、だれも使っていなかったはずだ。それなのにどうして明かりがついていたり、水を流していたりするんだろう？

水は、床下のパイプから流れて水路へ落ち込んでいるようだ。ということは、ここのほかにも使っている部屋があるということだろう。

「ともかくだれかを捜さないと……」

早く三郎のけがを手当てしなければならない。令子はドアを開けてみた。廊下も部屋の中と同じように、灰色で、飾り気ひとつない。令子はともかく、適当に見当をつけて歩きはじめた。礼拝堂といったって大して広い建物ではないのだから。

令子はふと足を止めた。——何かが聞こえて来る。歌声のようだ。それも低く、囁《ささや》くような……賛美歌か何かだろうか？　礼拝堂なのだから、そういう歌が聞こえても不思議ではないが……。

その歌声を聞くと、さっき水路の途中で感じた、あの恐怖感が、またよみがえって来た。

いったいどうしたっていうのかしら？　何が怖《こわ》いのだろう？　それがわからないだけに、恐ろしさはいっそう深かった。

令子は父について何度も殺人の現場を見ている。少々のことで恐ろしさに震えるような弱虫ではないのだ。それなのに……いまはこの場所に立つだけでからだが震えて、額《ひたい》に汗がにじんで来るのがわかる。

ここでいったい何があったのだろう？　ここはなんなのだろう？

突然、令子は背後に人の気配を感じ取ってふり向いた。

長い黒衣を身にまとった男がそこに立っていた。

千鶴はかばんを持ったまま、あの礼拝堂の工事現場へやって来た。

早退届けを出して来たのが親に知れたら、さぞ怒られるだろうが、そんなことを気にしてはいられない。令子と誠二がゆくえ不明なのだ。親友として、じっとしてはいられない！

工事現場はまだ昼休みなのか、人の気配がなかった。門からそっと中をのぞき込んでみたが、人の声も聞こえない。千鶴は、そろそろと中へはいって行った。

前に誠二がここで猛犬に追っかけられたことを覚えていたので、用心していたが、べつにそのようすもない。千鶴は、建物を覆《おお》った布の一部がめくってある口から中へはいった。

とたんに目の前にだれかが立ちはだかって、ギョッと立ちすくんだ。

「やあ、きみか……」

あの老紳士が目の前に立っていたのだ。

「こ、こんにちは」

千鶴は必死に愛想よく笑顔をつくっていった。

「あの……この間、いつでも遊びに来いといわれたので……」

「いいとも、大歓迎だよ」

と老紳士は千鶴の肩をグイと抱くようにして、いった。

「しかし、学校のほうはどうしたんだね?」

「え、ええ……。きょうは午前中なんです」

「本当かな?」

と老紳士は忍び笑いをして、

「正直にいいなさい。ちょっとサボって抜け出して来たんだろう?」

千鶴は素直にうなずいた。老紳士は笑って、

「いや、それでいい。たまには学校もサボってみるものさ」

と千鶴の肩を叩《たた》いて、

「さて、この前は中を案内してあげるひまがなかったね。きょうは中へ入れてあげよう」

「もうできているんですか？」

「完全ではないがね。大体のところは終わっている。――さ、来なさい」

老紳士に促《うなが》されて、千鶴は歩き出した。背の高い、正面の大きな扉《とびら》を少し開けると、そのすき間からスルリと中へはいり込んだ。

千鶴は一瞬息を呑《の》む思いで、中を見渡した。高い天井、両側の壁にはめ込まれた色鮮《あざ》やかなステンドグラス。ズラッと並んだ椅子の列。その中央を割った通路の奥に、祭壇が作られている。真新しい木の香がプンと匂った。

「――どうかね？」

と老紳士がきいた。

「とてもすてきですね！」

千鶴は半ば本心からそういった。

「でも……祭壇に十字架がありませんね」

「十字架は最後に立てるのだよ」

「由緒《ゆいしょ》のある十字架を運んで来てね。それでこの新しい礼拝堂も完成だ」

「いつごろでき上がるんですか？」

「あと一週間」

「そうですか」

「そんなにすぐ？」

「そうとも。残っているのは、本当の仕上げだけだからな」

ふたりはゆっくりと通路を祭壇のほうへ歩いて行った。

「あなたは……牧師さんなんですか？」

と千鶴がきくと、老紳士は笑って、

「いやいや、ただの一信者にすぎないよ」

「カトリックですか？」

「そうだね……なんといったらいいか……」

老紳士はやや考えてから、

「ちょっと種類の違う宗派でね。まあ、その辺はむずかしい話になるからよそう」

「はい……」

ふたりは祭壇の前に立った。老紳士はじっと祭壇を見上げ、

「ここへ礼拝堂を建てるのが、私の長い間の夢だった。……それが、いま、やっと叶《かな》ったのだ」

と、ひとりごとのようにいった。それから千鶴のほうを見て、

「奥の部屋でちょっと休んで行かないかね？」

ときいた。

「でも、そんなにお邪魔しては……」

「気にすることはない。さあ、おいで」

ここまで来たのだ。どうせなら相手の懐《ふところ》まで飛び込んでやれ、と千鶴は決心して、歩き出した。祭壇のわきのドアから出ると、そこはちょっとした応接間のような小部屋で、もうソファーや棚が置かれて、使えるようになっていた。

「さあすわって。何を飲むかね？　コーヒーでいいかい？」

「ええ」

老紳士は慣れた手つきで千鶴にコーヒーをいれると、

「さて、どうしてきょうはまたここへ来る気になったんだね？」

といいながら、千鶴と向かい合った席に腰をおろした。

「べつに……特別なわけはありません」

「そうかな？　何かひどく心配そうなようすが顔に出ているよ。よほど心配なことがあるんじゃないのかね？」

千鶴はちょっと迷ったが、思い切っていってみよう、と思った。このまま黙りこくっていても道は開けない。

「友だちがゆくえ不明になってるんです」

「それは心配だね」

「ええ。それでここへ来れば、何かわかるかもしれないと思って……」

「どうしてそう思ったんだね？」

といいながら、老紳士は上着のポケットから、旧式な鎖《くさり》のついた懐中時計を取り出すと、さりげなく、それを手からぶら下げ、ゆっくりと、振り子のように動かしはじめた。

「ゆくえ不明になった女の子とそっくりの子がここから出て来るのを見かけたからなんです」

「それは奇妙だね。そのいなくなったというきみの友人は、なんという名前なんだね？」

「大宅令子です」

千鶴の目は、なぜとはなしに、揺れつづける時計に吸いつけられた。

「ほかに、新村誠二という人も……」

「その男性はきみの恋人なのかね？」

「はい、そうです。――いいえ！　誠二さんは、令子さんの恋人なんです」

どうしたんだろう？　なんだか眠くなって来たようで……瞼《まぶた》が重くなって来る。時計が揺れてる。右へ、左へ。私のほうが動いてるのかしら？　時計は止まっていて。

――まさか。そんなはずはないわ。

「だが、きみは内心では、その誠二という男性を好きなんだろう？」

「いいえ。そんなことありません」

「正直にいいなさい。胸がスッとするよ」

時計が……いえ、私が揺れてる……。

「ええ、好きなんです」

「そうだ。正直にいうのが一番だ。気持ちが軽くなっただろう?」

「とっても。本当に、正直にいうのが一番ですね」

「令子という娘に、きみはやきもちをやいているね」

「はい……」

「彼女がいなければ、誠二という男はきみのものだ」

「ええ」

「きみは令子を憎んでいる」

「憎んで……」

目の前がかすんでいる。からだが、まるで大波に翻弄《ほんろう》される小船のように揺れている。

「殺したいほど憎んでいる」

「殺したいほど……」

「きみは令子を殺したいのだね」

「いえ……ええ……そうです」

「きみは令子を殺すのだ」

「殺します……」

　急に目の前が暗くなった。――千鶴はソファーにグッタリと倒れ込んだ。

　老紳士はニヤリと笑って、

「簡単なものだ」

と呟くと、部屋の隅の電話を取り上げた。


　千鶴はハッと目覚めた。――ここは、どこだろう？　ソファー、応接間……。

「目が覚めたかね」

　声がしたほうをふり向くと、老紳士がドアからはいって来るところだった。

「あ……私……どうしたんでしょう？」

「疲れていたんだろう。コーヒーを飲んでおしゃべりをしているうちに眠ってしまったのさ」

「すみません。図々しく……」

「いや、どうせ使っていない部屋だ、構わんよ」

「どれくらい眠ってたんでしょう、私？」

「さて、一時間くらいかな」

「もう失礼しなくちゃ……」

「そうかね？　まあ、またいつでも来なさい」

「ありがとうございます」

「門まで送ろう」

ふたりは礼拝堂の中を抜けて外へ出た。

「それじゃ……」

「また来なさい」

「はい」

「友だちが早く見つかるといいね」

老紳士がそういって、工事現場のほうへもどって行くのを見送ってから、千鶴は門を出た。

「そうだわ」

令子さんと誠二さんのことを調べようと思って行ったのに、眠ってしまうなんて。だらしがない！

「無事でいてくれるといいけど」

と呟いて、千鶴は戸惑《とまど》った。令子のことを考えたとき、吐き気に似たようなむかつきを覚えたのだ。

千鶴は、何か得体の知れない恐怖を感じた。

「警部」

大宅は顔を上げた。藤沢刑事が紙コップのコーヒーを両手にひとつずつ持って立っている。

「コーヒーでもいかがです？」

「ありがとう。もらうよ」

大宅はコーヒーをすすった。

列車は、トンネルの多い山地を飽かずのんびりと走っている。

「あと三十分くらいですね」

向かい合った席にすわって、藤沢がいった。

「ウム……」

大宅はじっと車窓から見える山並みに目を向けている。

「警部」

藤沢が声をかけた。

「令子さんは大丈夫ですよ。この前だって、ちゃんと生きのびたんです。彼女はスーパーマンですからね」

大宅はちょっと微笑《ほほえ》んだ。

「ありがとう。そういわれるとわしも少し心が軽くなるよ」

「いまごろは犯人を捕まえてるかもしれませんね」

「全く、あいつにも困ったもんだ」

大宅は苦笑いした。

「今度もどって来たらカゴへでも入れておいてやる!」

「あの新村という若者と婚約させちゃどうです?」

「あのカメラマンとか?」

「なかなかしっかりした、いい若者ですよ」

「そうかね」

「少々頼りないのは、若いんですからあたりまえでしょう」

「フム……。そんなもんかな」

「婚約者でもできればあまり無茶もしなくなるんじゃないでしょうか」

「そんなことで、あいつの探偵癖が直るかね」

「それは神のみぞ知るですね」

「頼りないな」

「いや、正直なところ、ぼくも令子さんの花ムコに立候補したいのは山々なんですがね」

　と藤沢はニヤリとした。

「しかし、令子さんのことは、こんな小さいころから知ってるでしょう。——ちょっと、恋人という感じになれませんのでね」

「わしもあいつには警官と一緒になってほしくないよ。探偵と警官じゃ、生まれたこどもがどうなるか、考えただけで恐ろしくなる！」

「全くですね」

　と藤沢は笑った。——大宅には、藤沢がなんとか自分の気持ちを引き立たせようとしてているのが、よくわかっていた。ありがたい、と思った。

「大宅様……」

と呼ぶ声にふり向くと、車掌が立っていた。

「何か用かね？」

「失礼します。警視庁の大宅警部で？」

「そうだが……」

「この前の停車駅で伝言を受け取っております。車掌室までおいで願えますでしょうか？」

「いいとも」

大宅は席を立って、藤沢へ、

「荷物を頼むぞ」

と声をかけ、車掌のあとから歩き出した。

車両をふたつ抜けると、車掌室のある車両へ出る。車掌は、

「こちらです」

とドアを開け、大宅を通した。

「そこにある封筒がそうです」

「これか。……えらく暗いな」

「電球が切れてしまいまして……。乗降口の所でお読みになればいかがでしょう?」

「そうしよう」

大宅は明るい所へ出ると、封筒から中身を取り出した。大宅の背後へそっと回った車掌が、乗降口の扉の掛け金をはずした。

「なんだこれは?」

大宅は目を丸くした。——中から出て来たのは《ディスカバー・ジャパン》のパンフレットだった。

バタン、と音を立てて扉が開いた。車掌が力いっぱい大宅の背中を突き飛ばした。

令子は黒衣の男を目の前にして、じっと立っていた。あの洋館で自分を襲った男たちのひとりらしい。それが山水学園の礼拝堂にいる、ということは……。

「ここで何をしてるんです?」

男の声は意外に優しく、問い詰める、という口調ではなかった。

「あ、あの……ちょっと……」

「びしょびしょじゃありませんか。どうしたんです？」

「ええ……。ちょっと落っこちて……」

「風邪ひきますよ。大事なときだっていうのに」

「す、すみません」

「早く服を着替えたほうがいい」

「ええ」

「私が校長先生に怒られますからね」

校長先生！　では水元校長もこの連中と同類なのだ。いったい山水学園はどうなっているのだろう？

そのとき、

「どうかしたの？」

と聞き覚えのある女性の声がした。立っていたのは、水元校長の秘書、笠原良子だった。

「ああ、笠原さん」

黒衣の男がふり返って、

「この人がずぶ濡れで――」

「まあ、いったいどうしたの？」

ツカツカと近づいて来て、笠原良子はハッと息を呑《の》んだ。――令子は、黒衣の男が、どうやら自分のことを、誠二が写真に撮ったという瓜《うり》ふたつの娘とまちがえているらしいと察していた。しかし笠原良子は気がついた！　どうなるだろう？　令子はじっと笠原良子の視線を受け止めた。

「――まあ、困ったことね」

笠原良子は令子の肩へ手をかけ、

「さあ、いらっしゃい。着替えさせてあげるわ」

「はい……」

令子は素直に歩き出した。笠原良子が低い声で囁《ささや》いた。

「黙って歩くのよ！」

ふたりは廊下の角を曲がった。笠原良子は令子の腕をつかむと、素早くすぐそばのドアの中へと連れ込んだ。毛布だのシーツだのをいっぱいに積み上げた小部屋だ。

「笠原先生……」

「いったいどうしてもどって来たのよ？」

笠原良子の口調は厳しかった。

「せっかく私が命がけで逃がしてあげたのに！　そんなに死にたいの？」

「待ってください！」

令子はいった。

「いったいどうなってるんですか？　山水学園は――みんなは大丈夫なんですか？」

「大宅さん、あなた……」

「私――記憶を失《な》くしてしまったんです」

令子は黒衣の男たちに捕まってから、東京で記憶を取りもどすまでのことを全部忘れてしまったことを手早く説明した。

「そうだったの……。きっと、あまり恐ろしいので忘れてしまったのね。でも、ここへもどって来てはいけなかったわ」

「でも――」

「ともかく、ここにいてはだめ。話はあとでするわ。私の部屋に隠《かく》れていなさい。

ドアを開けて、ふたりは立ちすくんだ。黒衣の男がふたり、目の前に立ちはだかっている。

「──さ、出ましょう」

「どうも妙だと思いましたよ、笠原先生」

とさっきの男がいった。

「大体私はあなたを疑っていたんです。校長にも申し上げておいたんだが……。やはり裏切っていたんですな。さあ、おとなしくしてもらいましょう。──おい」

ともうひとりの黒衣の男へ、

「おまえは小娘のほうをつかまえろ。いいか」

令子は相手の向こうずねを蹴《け》っとばしてやろうと身構えた。すると──もうひとりの黒衣の男が衣の下から太い鉄パイプを取り出したと思うと、いままさに笠原良子へつかみかかろうとしていた男の頭へ思い切り振りおろした。

ガツン！

鈍い音がして、男はあっさりと床へのびてしまった。

令子と笠原良子が唖然《あぜん》としていると、男は頭巾《ずきん》を脱いだ。──誠二がニヤリと笑った。

「誠二さん！　生きてたの！」

「あたりまえさ。そうやすやすと死ぬもんか。さ、早くこいつをかたづけよう」

三人がかりで男を小部屋へ引きずり込み、手足を縛《しば》って、毛布の山の下へと押し込んだ。

「窒息《ちっそく》しない？」

と令子がいった。

「なに、人間、そうやすやすとは死なないさ」

と誠二はいたって気楽なもの。

「さあ、早く逃げよう」

「あ、そうだ！　三郎さんが――」

「三郎さん？　だれだい、それ？」

「あの……私の……夫だった人」

令子の言葉に、誠二はあっけに取られてポカンとしているばかり。

「まあ、その話はあとでね」

と令子は慌《あわ》てていった。——どうも三人ともいろいろ話をする必要があるらしい。
しかしともかく三郎の所へ早くもどらなければならない。
三人は小部屋を出ると、あたりのようすをうかがいながら廊下を進んで行った。

危機脱出

大宅警部は受け取った封筒の中身が、ただのパンフレットだと知って、とっさに危険を察知した。目の前の乗降口の扉が開き、車掌の手がドンと背中を突いたとたん、傍《かたわら》の握り棒にしがみついて、かろうじて転落をまぬかれた。

「こいつ！」

車掌が大宅をけ落とそうと、片足を上げる。大宅はすかさず一方の手をのばしてその足首をぐいとつかむと、思い切り上へはね上げた。

「ワッ！」

と声を上げて、車掌が床にひっくり返る。大宅は素早く立ち直って、車掌へ飛びかかろうとしたが、その手にナイフが光るのを見て身をひいた。

「やりやがったな！」

車掌がはね起きて、ナイフを突き出して来る。大宅は横へ身をよけて、同時に足で相手の足を払った。たまらず相手のからだが前のめりに泳いで……。

「ワァーッ!」

と悲鳴を上げながら、乗降口から転落して行った。列車はちょうど鉄橋にさしかかっていて、大宅が乗降口から身を乗り出すようにして見ると、車掌は鉄骨のすき間から、はるか下の谷川へと落ちて行くのが見えた。——あれでは命はあるまい。

大宅は額《ひたい》の汗を拭《ぬぐ》った。全く危機一髪だ。客車のほうへもどろうとして、何やらドンドンと音がするのに気づいた。見回すと、どうやらトイレの中らしい。ドアを開けてみると、下着姿の男が手足を縛《しば》られ、猿ぐつわをかまされて、ウンウン唸《うな》っていた。

「——じゃ、あの車掌は偽者《にせもの》だったんですか?」

藤沢刑事は大宅の話を聞いて青くなった。

「そういうことだ」

と大宅はうなずいた。

「だ、大丈夫ですか、警部?」

「あたりまえだ。大丈夫だからこうしてもどって来たんじゃないか」

「それもそうですね。しかし……油断もすきもありませんね！」

「全くだ」

大宅はゆっくりと首を振って、

「しかしわからん……」

「何がです？」

「どうしてやつらは我々のことを知っていたのかな……。急いで飛び出して来たのに」

「そういえばそうですね」

と藤沢も首をひねった。

「どうやら、敵はかなり大がかりな組織を持っていると見えるな」

大宅はそういって、窓の外へ目を向けた。

「――令子のやつも、もう生きとらんかもしれん」

「警部！」

「そう思わんか？　わしは警官だ。警官を殺そうとするというのはよほどのことだ。令子とあの新村という男も……」

「変なことを考えないでください、警部！」

藤沢は腹立たしげにいった。

「それだけ向こうがあせってるんだ、ともいえるでしょう？　令子さんに逃げられて慌《あわ》ててるのかもしれません」

大宅はニヤリとして藤沢を見た。

「わかったよ。ありがとう」

自分を元気づけてくれる藤沢の気持ちはうれしかったが、正直なところ、大宅は、万一の場合の覚悟をしておかねば、と考えていた。——令子はこどものころから、平気で無鉄砲なまねをするわりには、けがをしないという、生まれつきの運というべきものを持っていたが、今度ばかりは相手が手強《てごわ》い。

なんとか切り抜けてくれていればいいのだが……。大宅は、もし令子が無事にもどって来たら、こづかいを倍にしてやってもいいが、などと考えていた。

「ハクション！」

令子がくしゃみをした。

「大丈夫?」

誠二が心配そうにいった。

「びしょ濡《ぬ》れで、風邪ひいたんじゃないのかい?」

「なんともないわ。きっとパパが私の悪口でもいってるのよ。——急ぎましょう」

令子、誠二、笠原良子の三人は廊下を抜けて、令子が地下道から出て来た無人の部屋にはいった。

「ここからはいって来たの」

「じゃ、覚えてたのね、令子さん?」

と笠原良子がいった。

「え?」

「あなたをここから逃がしてあげたのよ」

「そうだったんですか!　なんとなく見覚えがあるような気がしたはずだわ」

「どこへ通じてるんだい?」

「どこか裏山のほうなのよ。ともかく急ぎましょう。三郎さんのけががひどいの」

誠二はその三郎という聞き慣れない名が気になるようすだったが、ともかくいまは逃げ出すのが先決、と、水の落とし口の格子ぶたをはずした。

「足もとに気をつけて……」

令子が先に立って降りて行く。――が、ともかく水が流れて下はツルツルだ。アッという間に足を滑《すべ》らせ、ウォーターシュートよろしく一気に下まで滑《すべ》り落ちる。またびしょ濡れにはなったが、まあなんとか無事に着地。

「豊島園が引っ越して来たのかしら」

と呟いてから、はっと顔を上げ、

「三郎さん!」

と呼んでみる。

「ここだよ」

と返事があって、見ると、わきのほうの暗がりにうずくまっているのがわかった。

「大丈夫ですか?」

「なんとかね……。人の声がしたんで、こっちへ隠れてたんだ。そっちはどうだ?」

「それが、中は大変なことになってるみたいで――」

といいかけたとき、笠原良子が、続いて誠二が勢いよく滑り落ちて来て、派手《はで》な水

しぶきを上げた。三郎は目を丸くして、

「おい！　――ここは人間の排水口なのかい？」

といった。

自己紹介などやっているひまはない。笠原良子は三郎の足の傷を見ると、

「病院へ行かないとだめだわ」

といった。

「あんた、わかるのかね？」

「私は看護婦の資格を持ってるのよ。ともかく、こんな所にいてはだめだわ。といって、学校へももどれないし……」

「おれの小屋へ帰れば、簡単な薬と包帯ぐらいはあるよ」

「じゃそこまで行きましょう！　あなた、肩を貸してあげて」

いわれた誠二はなんとなく複雑な表情で、

「いいですよ」

とうなずくと、三郎の右腕を首の後ろから肩へ回させて、エイッと引っ張り上げた。

「ウッ！」

と三郎が呻《うめ》いた。

「大丈夫ですか？」

「ああ……。あんたが誠二っていうのかい？」

「ええ」

「そうか」

三郎はそれきり口をつぐんだ。四人は地下道の出口へ向かって歩きはじめた。

「足もとに気をつけて！」

と令子が、三郎にけがをさせた、侵入者《しんにゅうしゃ》よけの刃に、みんなの注意を促《うなが》す。

「小屋までだいぶあるけど、大丈夫かしら？」

と心配そうな令子に、

「これしきのけがが、どうってことねえよ」

と三郎は笑ってみせる。——誠二はどうも心中《しんちゅう》穏やかでなかった。いったい何だ、この男は？　令子はなんだか『夫だった人』だなんていってたけど……。

だれもが必死になっていたせいだろう。小屋への道のりは思いがけないほど近かった。

「着いたわ！　誠二さん、三郎さんをここへ……」

令子が急いで床をのべて、誠二が三郎をそこへ降ろすと、笠原良子が傷の手当てにかかる。

「──破傷風《はしょうふう》にでもなったら命にかかわるわ」

「それなら大丈夫。破傷風の予防注射は受けてるよ」

「よかった。じゃ、バイ菌さえはいらなければ……」

令子と誠二は少し離れた所で、そのようすを見守っていたが、やがて顔を見合わせると、

「きみはどうして──」

「あなた、どうやって──」

と同時にいいかけて、言葉を切り、それから一緒にプッと吹き出してしまった。やっと危機を脱したという安心感からだろうか。

「ぼくはたまたま岩にひっかかってね」

と誠二がいった。

「なんとか岩の上へ登ってはみたんだが、なにしろ夜だし、両側は切り立った崖《がけ》だろ

う。とても上の道へは出られない。下流へ行けば町のほうへ出るとはわかってたけど、伝って行く岩がないんだ。上流のほうへならなんとか岩づたいに行けそうだったんで、じっとしているよりはと、行けるところまで行ってみようと思ったのさ。危ないから朝まで岩の上で待って出発したんだけど、しばらく行くと、崖もだいぶ低くなって、上へ登れそうになったんで、思い切って登りはじめた。ところが、これが大変でね。途中、何度も落っこちそうになって、これで一巻の終わりかと思ったよ。その時、きみの顔が目の前をチラついてね……。『誠二さん、がんばって！　登りついたら、あなたと結婚してあげるわ！』っていってくれたんだ」

令子は苦笑いして、

「何いってるのよ。まじめに話してちょうだい！」

「わかったよ。それでなんとか上に辿《たど》り着いてね、それでもすごい森の中だ。どっちに何があるのやら、てんで見当がつかない。あてずっぽうに歩いていると——」

「どうしたの？」

「突然、山水学園の裏手に出ちまったのさ。全くの偶然だがね。天の導《みちび》き、ってのはちょっとオーバーだけどね」

「それでどうしたの？」

「やれ助かった、と思ったよ。なにしろ目的地に着いたんだからな。——で、裏門のほうへ行こうと茂みから出かかったとき、門が開いて、あの黒い服を着た男が出て来たんだ。危機一髪、見つからずに身を伏せたけどね。きみから話を聞いてた例の連中にちがいない、と思ってゾッとしたよ。その連中が山水学園の中にいるんだ！　それで、こいつはなんとか中へ潜《もぐ》り込んで調べてやろうと決心してね」

「町へもどって警察へ知らせればよかったのに！」

と令子が眉をひそめた。

「もしかして、またきみが捕えられてたら、と思うとね、そんなこと考えちゃいられなかったのさ」

そういわれると令子も悪い気はしない。

「それからぼくは塀伝いに歩いて、塀の少し崩れた所から中へはいり込んだんだ」

「そんな所、よく知ってたわね」

「写真を撮るので学園の中はくまなく歩き回ったからね。しかし明るいうちはどうしたって出ちゃ行けない。それで裏庭の林の中に隠れてたんだけど……夕方になるとお腹が空《す》いてね」

「いやねえ、がっついて！」

「だって、前の日の昼から何も食べてないんだぜ！　それで調理室へ忍んで行って、夕食の支度をしてたんで、ちょいとひとり分失敬した。礼拝堂のほうならだれもいないだろうと思って、そっちへ回って、物陰でせっせと腹へつめ込んでると、板を打ちつけて塞《ふさ》いであるはずの扉がギーッと開いて、例の黒服がひとり出て来た。もう暗くなりかかってたから、見つからずにすむだろうと思ってたんだが、スープのはいってたカップを落っことしたんで、相手が気づいてね。『だれだっ！』て飛んで来た」

「で、どうしたの？」

「くんずほぐれつ、大格闘のあげく、ついにやつをノックアウト！」

「本当？」

と令子が目を丸くすると、誠二は、へへ……と笑って、

「いや、本当はやつが勝手に石につまずいてね、転んだ拍子に大きな岩へ頭をぶつけてのびちまったのさ」

「なんだ。変だと思ったわ」

「ともかくそいつを裏の林へ引きずって行ってね、黒い衣を脱がせてみると……」

「だれだったの？」

「きみも覚えてるだろう。歴史の教師の弓原っていう……」

「弓原先生！」

令子は啞然《あぜん》とした。あの、独身で男前で、あんなに人気のあった教師が……。

「ともかくやつを縛《しば》り上げて口に猿ぐつわをかませ、塀の外へ引っ張り出して、外の林の奥の木に縛りつけておいてから、学園へもどった。そしてあの衣を着込んで中へ忍び込んだってわけさ」

「それじゃ礼拝堂の中が、あの人たちの本拠《ほんきょ》だったのね……」

令子は考え込みながらいった。

「でもいったい、あの中で何が起こってるのかしら？」

そこへ、笠原良子の声がした。

「その話は私がしてあげるわ。この人を病院へ連れて行かなくちゃならないけど、少しの間なら大丈夫でしょう」

「笠原先生、山水学園はいったいどうなってるんですか？」

笠原良子はちょっと間を置いてからいった。

「山水学園はね、もともと悪魔崇拝《すうはい》の教団が作った学校なのよ」

令子と誠二は啞然《あぜん》として顔を見合わせた。

「悪魔崇拝……。それであんな格好をしてたのか」

と誠二が呟《つぶや》く。令子は、

「いったい目的は何だったんですか？」

ときいた。

「もちろん信者を増《ふ》やすのが教団の目的よ。それはキリスト教だって同じことでしょう。ただ、あの教団の場合は、そのためには手段を選ばないの。――人殺しもね」

「人殺し……。でも、なぜ殺すんです？」

「林田和江さんが殺されたのは、この計画の成功を祈るための、いわばいけにえだったの。――だから教団の面々が全員で一回ずつ彼女を刺して成功を祈ったのよ」

令子は思わず目を閉じた。――笠原良子は続けた。

「同じころ、東京でもひとりの娘が殺されたわ。林田和江さんと同じような場所で。

でも雪の降りつもった林は東京にないから、デパートの中の、作り物の林で殺されたの」

「三好めぐみさん、っていう人ですね」

「ええ、そうだったわ」

「あの人はいったいどうして——」

「こっちと呼応して、東京でももうひとつの計画が進んでたの。あの人はそのためのいけにえだったのよ」

「もうひとつの計画、って……」

「教団の礼拝堂を建てることよ」

「礼拝堂？」

「そう。あの学園にあるのと寸分違《すんぶんたが》わない物をね」

「じゃ、あの館が焼けた跡に建っているのが、その礼拝堂なんだわ」

「じゃ、ぼくに写真を撮らせたのも、そのためだったんですね？」

と誠二が腹立たしげに、

「畜生！　ぼくまでその手伝いをしちまったわけか！」

「和江さんがいけにえに選ばれたのは、何かに気づいていたからでしょう?」

と令子はきいた。

「ええ。和江さんは、図書館の本で、昔、悪魔を信奉《しんぽう》して人を殺し、処刑された人物の写真を見たのよ。それが山水学園に彼女を世話した人とそっくりだったのね。それからあの閉鎖されたままの礼拝堂で、どうも何か起こっているらしい、と探りはじめて……たぶん儀式をかいま見てしまったんじゃないかしら。父親に手紙を出そうとしていたのを見つけられて、いけにえに選ばれてしまったのよ。口封じのためもあってね。——東京で殺された三好めぐみという人は、ただ和江さんに似ているというだけで殺されてしまったらしいわ。気の毒に……」

と笠原良子は首を振った。

「和江さんのおとうさんも、殺されたんでしょう?」

「ええ。あの人は、娘さんを殺されてノイローゼになってね、学園の近くをうろついていて、黒衣の一団を見てしまったのよ」

「昌美さんも、やはり何かを見たんですか?」

「昌美さんはね、とても感受性の鋭い子だったのよ」

「自分でもそういってたな」

と誠二がふと思い出していった。

「だから、あの礼拝堂に、何か不吉なことが起こっていると感じていたのね。それをこの新村誠二さんにしゃべろうとした。——ほうっておいても、どうということはなかったと思うけど。ただひとりの少女の空想とかたづけられたでしょうからね。でも……結局、万一ということもある、という結論になって……」

「四人もの人を殺して……いったい、山水学園で何をやろうとしたんですか？」

と令子はきいた。

「替え玉を作るのよ」

と笠原良子はいった。

「替え玉？」

と令子が思わずきき返す。

「どういう意味ですか？」

「ある宗教を広めようと思ったら、ひとりひとりを入信させるより、一家ごとその宗教を信じるようにさせるのが、いちばんだわ。そのためには、熱狂的な信者をひとりその家庭へ送り込むのがいい、というわけ。で、あの教団の計画というのはね、山水学園という女子専門の寄宿学校を作って、全国から良家の娘を集める。そしてその生徒の中の何人かを、教団の信者の娘と入れ換えて、家へ送り帰すのよ」

「そんな！　……別の娘と交換するわけですか？　不可能だわ！」

「むろん全部の生徒を入れ換えることはできないわ。でも、悪魔を崇拝する人たちの中には、あなたがたと同年代の娘がたくさんいるのよ」

「信じられないわ……」

「入学して来た娘の中で、信者の娘と、背格好や顔つき、骨相などの似ている娘がいると、何カ月かをかけて、信者の娘に整形手術を施《ほどこ》し、生徒の娘そっくりに変えていくの。教師たちが彼女のしゃべり方やくせなどの細かいところを観察して、信者の娘に覚え込ませる。——こうして替え玉を作って行くのよ」

「でも、いくら似せても親が見れば——」

「わざわざ寄宿制にして、それも両親が海外へ行っていて普段家にいないような娘を特に選んで入学させている理由がわかるでしょ！　両親もたまにしか娘の顔を見ないから、少しぐらい感じが変わっても、ああ少しおとなっぽくなったとか、少し太ったな、というくらいで怪《あや》しまないわ」

「それじゃ……」

令子はハッとして、

「あの建築中の建物から出て来た、私そっくりの娘っていうのは……」

「あなた、見たの、彼女を？」

「ぼくが写真に撮ったんです」

と誠二がいった。

「あれは令子の替え玉なんですか？」

「ええ……。あなたにもともとよく似た娘がいて、私も最初あなたを見たとき、びっくりしたくらいよ。あなたが当然、替え玉と入れ換えられると思ったんで、私は、あなたのグラスに害のない薬を入れたり、クリスマスプレゼントに脅迫状をつけたりしたの」

「あれは笠原先生がやったんですか」

「あなたが気味悪がって退学して行ってくれたら、と思ったのよ。でも、あなたは勇《ゆう》敢《かん》な娘だったわ」

令子はちょっと間を置いて、きいた。

「替え玉を作って入れ換える計画はわかりましたけど、その入れ換えられた、本来の生徒は、どうなるんですか？」

笠原良子は目を伏せた。——令子は青ざめた顔で、いった。

「殺されるんですね」

笠原良子はゆっくりとうなずいた。令子はきいた。

「いままでに、もう何人……？」

「五人」

「生徒はみんな殺されたんですか？」

「ええ」

「で、いまは家庭に？」

「三人はね。ふたりはまだ在学してるわ」

令子は深々と息をついた。そして、

「ひどいわ！」

と顔を手で覆《おお》ってしまった。誠二が、じっと笠原良子を見て、

「この計画のリーダーは、あの水元校長ですか？」

「実行の責任者はね。——でもいちばん上にいるのは、教祖です」

「あなたはいったい何者なんです？　あの一味に加わっていながら、令子を助けてくれたり、ぼくらにこんな話をしてくれたり……」

「私？　私はね」

笠原良子は、ちょっとさびしそうに微笑《ほほえ》んで、いった。

「水元校長の娘なの」

誠二も令子も一瞬、あっと声を上げた。

「私もね、以前はあの悪魔の宗教の魅力のとりこになっていたことがあるの。むろん、母の影響もあるけれど、自分でも、その麻薬のような力に酔っていたのね。でも、そのうちに目がさめたわ。ただ一種の陶酔《とうすい》のための集まりから、少しずつ実際的に、お金や力を求めて行動しはじめて、それを見て、すっかり興ざめしちゃったのね。それにそのやり口は違法で、暴力も辞《じ》さない。つくづくいや気がさして、脱退しようとしたけれど、そのときには、もう母が、抜け出せない深みにはいり込んでいて、母を見捨てて行くことはできなかったのよ。私が抜ければ、秘密保持のために、私も母も殺されたにちがいないんですもの」

「それで、ずっと一緒に？」

「そうなのよ。そばについて、少しでも救える娘は救ってやろうと思って。でも秘密は固いから、めったなことで私の耳にははいらないんだけど」

「そうだ。ぼくがいつか駅前の旅館で見かけた、校長とそっくりの女《ひと》、あれは――」

「叔母《おば》だわ。母の妹でね、よく似ているのよ。叔母は東京での実行責任者なの。だからきっと母と話があったんでしょう。私は大きらいなんだけど、向こうも私を信じていないのよね」

「あなたを怪しいと思ってるんですか？」

「さあ、どうかしら。――でも、きっと気をつけろぐらいのことはいってると思うわ」

「笠原先生」

令子がいった。

「こんなことになって、先生も身が危ないんじゃありません？」

「いいのよ」

と笠原良子が微笑んだ。

「私も、とてもこれ以上は我慢できないわ。いくら母でも、人殺しの手伝いをするのは耐《た》えられない。警察へ行って何もかも話をするわ」

「よかったわ！」

令子は微笑んだ。それから真顔になって、ちょっとためらってから、

「笠原先生。ひとつ教えてください」

「え？」

「私が記憶を失っていた間――あの人たちに捕まって、先生に逃がしていただくまでの間に、何があったんですか？」

笠原良子は、何かいいかけて口をつぐんだ。

「教えてください！」

令子はいった。

「何か、とても恐ろしいことがあったような気がするんです。でも、どんなに怖いことでも、知らないよりましです。教えてください、何もかも！」

令子は笠原良子の目をじっと見据《みす》えた。何ものにもたじろがないという決意が、そ

こには溢《あふ》れている。――笠原良子はしばらく考えてから、

「わかったわ」

とうなずいた。

「あなたは偉いわ。現実に直面する勇気を持っているもの。私はいつも現実から目をそむけて生きて来たわ。いやなことは忘れよう、自分のせいじゃないんだ、といい聞かせてね……。私も見習わなくちゃ」

笠原良子はひとつ息をついて、

「それはね――」

といいかけた。そのとき、

「おい！」

三郎がからだを起こして、声を上げた。

「だれか来るぞ！」

ハッとして耳を澄ます。小屋の周囲は、砂利道になっている。いま、その砂利を踏むいくつかの足音が……。

誠二が小屋の戸のそばののぞき窓へ駆け寄った。

「畜生！　あの黒衣の連中だ！」

「どうしてここが——」

「犬だわ！」

と笠原良子がいった。

「犬？」

「学園に番犬がいたでしょう。あれは警察犬同様に仕込んであるの。きっと私たちの匂いを辿《たど》って来たんだわ」

「どうする？　見えるだけで四人はいるぜ」

三郎が、

「銃がある」

といった。

「おれが猟に使う散弾銃だ。その棚《たな》の上だ！　弾丸も包んであるだろう」

誠二が急いで銃を下ろすと、三郎が弾丸を込める。令子が駆けて来て、

「私に貸して！」

「おい、これは——」

「任せておいて！　あなたは動いちゃいけないわ」

令子は有無《うむ》をいわせず、銃を三郎から取り上げると、のぞき窓へと急ぐ。

「大丈夫なのかい？」

「こう見えても警官の娘ですからね」

令子は銃身を窓のへりにのせて、

「撃ったことがあるのよ」

「まず声をかけてから――」

「何いってるの！　そんなのんきなことといってる場合じゃないわよ」

令子は安全装置をはずすと、狙《ねら》いはつけずに、ともかく外へ向けて一発ぶっ放した。

ものすごい音とともに銃身がはね上がり、令子も危うくひっくり返りそうになったが、なんとかこらえた。

むろん散弾とはいえ、弾丸は全部、とんでもない方向へと飛んでいったが、効果は抜群。黒衣の男たちは慌《あわ》てて背後の林の中へ逃げ込んだ。

「五人いたぜ」

と誠二がいった。

「ここを知られてるんじゃ、いられないわね」

「といって、どうするんだ？　いまのやつらも、まだ林の奥にいるぜ、きっと」

「わかってるわよ」

令子は三郎のほうへ向いて、

「ここからどこか裏手のほうへ抜ける口はありませんか？」

ときいた。

「さて、小さな小屋だからな。出入口はひとつしかないよ」

「そうですか……」

「ちょっと待て」

三郎は傷ついた足を引きずるようにして床から出て来ると、

「そこのはめ板をはずすと裏へ出られる。打ちつけた釘を抜いて……」

「よし！」

誠二が張り切って腕まくりしたときだった。

バサッ、バサッ、という音が頭の上でした。

「――何かしら？」

四人が頭の上を見上げていると、やがて、屋根から青い煙がじわじわと流れ出て来た。そしてパチパチとはじけるような音。

「火をつけたんだわ！」

令子が叫んだ。

渓谷の逃走

「早くしないと、すぐ火が回るぞ！」

と三郎が怒鳴った。誠二と令子が急いではめ板をはずしにかかる。人間、死にもの狂いになると、普段からは想像もつかない力を出すもので、あまり力仕事の得意でない誠二も、たちまちのうちに釘を抜いてバリバリとはめ板をはぎ取った。

しかし、木造の小屋だから火の回りも早い。もうもうと煙が立ちこめて、屋根が焼け落ちて来る。

「早く出るんだ！」

と三郎がいった。

「誠二さん、三郎さんに肩をかしてあげて！」

「よし来た」

と誠二が駆け寄って三郎をエイッと立たせる。

「早く、早く！」

燃える木片がバラバラと頭上から落ちて来る。火がもう壁や棚にも移りはじめた。

三郎が歯ぎしりして、

「畜生！　おれの小屋を――」

「小屋はまた造れるわ」

と令子はあまり慰《なぐさ》めにもならないのは承知でそういうと、誠二の反対側へ回って三郎を支え、はずしたはめ板の穴から外へ押し出す。令子が、続いて誠二が外へ這い出し、最後に笠原良子が散弾銃を手に出て来た。

「これがあれば杖《つえ》のかわりになるでしょう」

「あんた気がきくね」

三郎がニヤリとした。

小屋の裏手は深い茂みになっていて、四人はまるで草の海を泳ぐような格好で進んで行った。

「――ここまで来りゃ大丈夫だろう」

三郎がいって、ふり向いた。彼の小屋が、すっかり火に包まれて、燃え落ちるところだった。三郎がため息をついた。

「やれやれ、何もかも灰か」

「連中、ぼくらが死んだと思うかな?」

と誠二がいうと、笠原良子が首を振って、

「そんなに簡単にごまかせる相手じゃないわ。きっと焼け跡を調べて、また追って来るでしょう」

「それまでに、できるだけ遠くへ逃げなきゃ」

と令子がいった。

「三郎さん、どこか電話のある所へ出られませんか?」

「そうだなあ……。町まで行かねえと電話はないよ。それより町へ行く道に出よう。だれかの車が通りかかるかもしれねえ」

「近いんですか?」

「すぐそこってわけじゃねえが、そう遠くはないよ」

「じゃ、行きましょう!」

すっかり令子が一行のリーダー格という感じだ。生来、そういう素質を持っているのかもしれない。

四人は三郎の案内で、茂みを抜け、沢を渡り、斜面をよじ登って進んだ。

「――さて、この川を渡って、向こうの崖《がけ》を登れば道路だ」

三郎が立ち止まっていった。岩の上から見下ろすと、早い流れが水しぶきを上げている。川幅は十メートル近くあるだろうか。

「ここを渡るの？」

と誠二が、まさかという顔で、

「落ちたら一巻の終わりだな」

「大丈夫さ。ほら岩がところどころ顔を出しているだろう。あれをピョンピョン飛んで行くんだ」

と三郎が気やすくいう。

「私にはとても無理だわ」

と笠原良子が苦笑《にがわら》いした。

「ロープを渡すのさ」

と三郎が腰からさげてあった短く巻いたロープをはずして、

「これの先を持ってひとりがまず向こうへ渡る。ロープの両端をこっちの岩とあっちの岩に結びつけておき、そのロープを伝って行くのさ。おれも足さえ大丈夫なら行ってやるんだが……。仕方ない、ここは男一匹、がんばれよ」

三郎にポンと肩を叩《たた》かれ、誠二は情けない顔でロープを手にうなずいた。

「——しっかり、誠二さん！」

令子の応援を背に、腰にロープをゆわえつけた誠二は危なっかしい足つきで、岩から岩へ飛んで、冷や汗びっしょりになりながら、なんとか向こう岸へ辿《たど》り着く。ロープを張って、まず笠原良子がこわごわ渡って行く。

二、三度足をすべらせたが、なんとか待ち受ける誠二の腕の中へ抱き取られた。

「さあ、三郎さん、行ってください」

と令子がいった。

「こういうときは女が先と決まってるよ」

「あなたはけが人ですもの」

「けがしてたって、おまえよりは器用に渡れる。さあ、早く行くんだ」

「さあ、ぐずぐずしねえで！　あの連中が追っかけて来たら大変だぞ」

三郎に押し出されるようにして、令子は、気の進まないままにロープにつかまった。

「そうだ。おまえにいっとくことがあった」

と三郎が令子に声をかけた。

「え？」

「おれは嘘をついたんだよ」

「おまえと三カ月、夫婦になってたといったが、あれは嘘さ」

「嘘って……」

「三郎さん……」

「そうなりゃいいとは思ったがな」

三郎はニヤリとして、

「さ、早く行け！」

令子は思い切って岩から岩へ、一気に飛んで行った。もともと身の軽さと運動神経はずば抜けている。反対側の岸へ飛び降りたときは誠二が目を丸くして、

「でも――」

「驚いたな！　オリンピックに出られるぜ」

と感心した。

「こんな競技、ないわよ。あとは三郎さんだけ――」

といいかけたとき、遠くで銃声がして、令子のそばの岩にバラバラと散弾が当たって音をたてた。ハッとふり向くと、あの黒衣の男たちが数人、反対側の岸を、上流のほうから走って来る。手に手に銃を持っていた。

「大変だわ！　三郎さんが――早く渡らないと」

そのとき、急に、ピンと張っていたロープが大きく揺れて、流れに落ちた。

「三郎さん！」

令子が見ると、三郎は令子のほうへ大きく手を振ってみせ、自分は岩の陰から、近づいて来る男たちへ向かって銃の引き金を引いた。銃声がとどろいて、黒衣の男たちがあわてて手近な岩の陰へ飛び込む。

「三郎さん、自分でロープをはずしたんだわ」

令子はいった。

「私たちを逃がそうと思って……」

「なんてことをするんだ！」

誠二は拳《こぶし》を握りしめた。対岸では三郎と黒衣の男たちの間で撃《う》ち合いになっている。

その間に、三郎は令子たちのほうへ、早く行け、というように手を振ってみせる。

「私たちだけ逃げろっていうんだわ」

「そうはいかないよ」

「でも、どうすればいいかしら」

「畜生、手榴弾《しゅりゅうだん》でもあれば投げつけてドカンとイチコロなんだけどな……」

「『コンバット』じゃあるまいし」

笠原良子が、思い切ったように、

「ここでぐずぐずしていてもどうしようもないわ。ともかく早く行ってだれかを呼んで来るのよ。それしかないわ。せっかくあの人が命がけで戦ってるのを、むだにしちゃいけないわ」

とふたりを促《うなが》す。

「そうね。――じゃ、急いで行きましょう」

心残りではあったが、三人は川岸の岩を乗り越え、上が道路になっている斜面をよじ登りはじめた。あまり手がかりになる岩がなく、ともすれば滑《すべ》り落ちそうになりながら、それでも必死に、三人は登りつづけた。身の軽い令子がいちばん早く、続いて誠二、笠原良子の順だったが、令子がほとんど上に登りつこうとしたとき、銃声がして、笠原良子が、

「アッ!」

と声を上げ、斜面を一気に転落して行ってしまった。

「笠原先生!」

令子が叫んだ。川岸のほうをふり向くと、あの黒衣の男たちが向こう岸からこっちを狙《ねら》っている。——三郎もやられたのだろうか? 令子は唇をかみしめた。

「ぼくが降りる! きみは先に登って、だれか助けを!」

と誠二が、再び崖《がけ》を降りはじめる。

「わかったわ!」

令子は必死で登りつづけ、やっと上へ出た。道路だ。しかし、これは山水学園へ通じる道ではない。令子と誠二が車ごと転落したときに通ったわき道にちがいない。広い道へ出ればだれかの車に出会うかも……。

そのとき、令子は一台の車が角を曲がって近づいて来るのに気づいた。——だれだろう？　あっちは確か町の方角だ。町の人だろうか？　もし学園のだれかだったら、万事休すだ。

車は急ブレーキを踏んで、令子の数メートル手前で止まった。ドアが開いて——。

「パパ！」

大宅警部と藤沢刑事が飛び出して来たのを見て、令子は思わず躍《おど》り上がった。

「令子！　大丈夫か！」

「銃声がしたから、こっちの道へはいって来たんだ」

「みんなが危ないの！　この下よ！」

大宅と藤沢が崖の上から素早くようすを見て取ると、拳銃を抜いて腰を落として構え、二、三発続けて発射した。黒衣の男たちは、新たな敵に驚いて、たちまち逃げてしまった。令子は肩で息をつくと、その場にすわり込んだ。

大宅がびっくりして、

「おい、どうした？」

「なんでもないわ。——ただ、ちょっと、ね」

と、また令子の口ぐせが出る……。

「しっかりしてください!」

河原の石の上に倒れた笠原良子の所へ駆けつけた誠二は、彼女のからだを抱き起こした。

「もう大丈夫ですよ!　警察の人が――」

といいかけて、背中に回した手にヌルッと生あたたかいものが触れ、ドキッとする。

相当に出血しているらしい。

「警察が……来たの?」

笠原良子はかすかな声でいった。

「ええ」

「――よかった!」

急に彼女の顔に安らいだ表情が広がって、

「これで……悪い夢もおしまい……」

「すぐ病院へ運びますからね!」

「いいのよ。……どうせ助からない……」

「そんなこと――」

「聞いて。あなたは令子さんを好きなんでしょう……」

「え、ええ……」

「令子さんが失った記憶は……あなたに話しておくわ。令子さんに伝えるかどうか……あなたが決めてちょうだい。いいわね？」

誠二はゴクリと唾《つば》を飲んだ。

「わかりました」

「令子さんと同じ部屋の……南条由紀子っていう子……」

「ええ、覚えてますよ。あの愉快な――」

「そう。その子よ。令子さんは、あの礼拝堂で……彼女を刺し殺したのよ」

誠二は耳を疑った。

「まさか！」

「令子さんに責任はないわ。……催眠術をかけられて、自分の意志と違う命令で動かされていたのよ。……でも、令子さんはあとでそれを知って、半狂乱になり……そして……」

「わかりました。それで記憶を失ったんですね」

「そう。……令子さんに、このことを話すかどうかは、あなたに……任せて……」

言葉が途切れた。誠二は、もう笠原良子が呼吸を止めているのに気づいた。

「おーい！」

声がしたほうを見上げると、藤沢刑事が崖を降りて来るところだった。


「気がついた？」

令子は、目を見開いてキョトンとしている三郎の上にかがみ込んで微笑んだ。

「おまえか……ここは天国かい？」

令子は笑って、

「こんな殺風景な天国なんて。——病院ですよ。あなたは助かったのよ」

「そうか……」

三郎は包帯でぐるぐる巻きになった自分のからだを眺めて、

「やれやれ。これじゃ透明人間だな。——するとみんな無事に？」

令子はちょっと目を伏せて、

「笠原先生が亡くなったわ。狙《ねら》い撃《う》ちされたんです」

「そうか……。おれがもうちょっとがんばってりゃなあ。肩に一発くらったら、目の前が真っ暗になっちまって」

「あなたは命の恩人です」

三郎はちょっと照れたように苦笑いして、

「あれからどれくらい？」

「三日たってます」

「三日も眠ってたのか！　――どうりで頭がぼやけてらあ。あの学校はどうなったね？」

「もうすっかりかたづきましたわ。学校も閉鎖されたし」

「悪いやつらはとっ捕《つか》まったのかい？」

「警官が大勢で押しかけたんで、観念したんでしょう。あの礼拝堂に火をつけて、自分たちも一緒に……」

「連中がみんな？」

「いえ、下っ端《ぱ》の何人かは飛び出して来て捕まりました。で、その自供から、どんどん全国の組織をいまつぶしているところですわ」

「そいつはよかった」

――令子は、炎に包まれた礼拝堂が夕闇《ゆうやみ》の迫る空を背景にそびえ立つように見えたあの光景を、一生忘れることはないだろう、と思った。水元校長をはじめ、数人の幹部は崩れ落ちる石の下に命を終え、地下の水路から逃げようとしたいく人かは、出口で待ち構えていた警官に逮捕され、また銃で抵抗して射殺された。

同時に東京でも、大宅の連絡で、あの建築現場を警官隊が急襲した。水元校長の妹が逮捕され、東京での教団の企《たくら》みも未然に防ぐことができたのである。

ともかくこの三日間、全国のマスコミは、『悪魔の宗教』一色に塗りつぶされている観があった。令子は、二十近いテレビ局やラジオから出演を依頼され、中には令子の主演でこの冒険を映画にしようという申し出まであったが、むろん全部断った。

――なんといっても、これは悲劇なのである。

大勢の命が失われた。令子はその中に、ユッコ――南条由紀子の名を見つけて泣いた。殺された娘たちは学園の裏山へひそかに埋められていたのだ。

しかし、最も悲劇的だったのは、すでに替え玉として送り出されていた三人の家庭である。自分たちの娘だとばかり思っていたのが、実は全く別の娘で、しかも娘を殺した犯人の仲間なのだから、親としてはやり切れない思いだろう。

令子は、もうこれ以上マスコミが騒ぎ立てずに、できるだけそっとしておいてくれれば、と願っていた。令子としても、この冒険の思い出だけは、一日も早く忘れたかった。けっして忘れられはしないとわかってはいたが。——そして令子には、忘れる前に、まだ思い出していないことが残っている……。

病室のドアが開いて、誠二がはいって来た。

「やあ、気がついたんですか！」

「おまえさんも無事でよかったな」

と三郎がニヤリとする。

「本当に感謝していますよ。——あ、令子、おとうさんが待ってるよ」

「わかってるわ。三郎さん、私たちいったん東京へもどらないといけないの。いろいろ事件の処理があって……」

「わかってるとも。ま、また暇《ひま》があったら遊びに来なよ」

「一週間もしたらまたお見舞いに来ます」

「そのころには退院してらあ」

「まさか！」

と令子は笑っていった。久しぶりに笑ったような気がする。誠二がひとりで先に病室を出て行くと、令子は三郎の上にかがみ込み、短いキスをした。

「さようなら」

「いまのやつで、いっぺんに元気になったぜ」

三郎は明るくいって、病室を出る令子に手を振った。


「乾杯！」

大宅、藤沢、令子、誠二、千鶴の五人は、シャンパンならぬジンジャーエールのコップをカチンと打ち合わせた。警視庁の一室である。

「いや、全く今度は令子さんに警視総監賞を申請《しんせい》しなきゃ」

と藤沢がいった。令子はあわてて首を振ると、

「だめだめ！　警部の娘がそんなものもらえやしないわ。００７だって公《おおやけ》の表彰は

されなかったのよ」

「また大きく出たな」

と大宅がソファーにそっくり返って、

「わしからのほうびは、こづかいの倍増だ」

「本当？」

令子は目を輝かせたが、すぐにちょっと皮肉っぽい目つきになって、

「いいわ、五割増しで」

「どうしてだ？」

「パパの給料、知ってるもの」

「こいつめ！」

みんなが大笑いした。

「あ、千鶴さん、さっき買って来たグレープフルーツ、もう冷たくなってるんじゃないかしら？」

「そうね、私、切って来る。いいの、令子さんはここにいて。ひとりで十分よ」

と押しとどめて、千鶴は部屋を出た。

廊下を急いで、『給湯室』と書かれたドアをはいる。中に冷蔵庫も置いてあるのだ。グレープフルーツを三つ取り出すと、食べごろらしい冷たさ。さっそく、引出しから小さな果物ナイフを出して、半分に割る。

ひとりで部屋を出て来たのは、なんとなく気分が悪かったせいもある。いったいどうしたのか、自分でもわからないのだが、令子と会って話していると、何か妙に胸苦しく、吐きたいような気分になって来るのだ。

「変ねえ……。こんなおいしそうなグレープフルーツにも食欲を起こさないなんて」

と千鶴はひとりごちた。銀色のナイフが、スパッと、金色の果実を断ち割る。――ナイフ。よく切れるナイフだわ。なんでも切れるかしら？　人間でも？

何を考えてるのかしら、私……。

千鶴は、ナイフの銀色の刃にじっと見入った。果汁で濡れて、表面はくもっているが……果汁？　いえ、血だわ。血がついてる。だれの？　――私の？　それとも……令子……そうだわ。あの人を殺さなければ。あの人が死ねば誠二さんは私のものだ。私にやさしく笑いかけて、肩を抱いて、キスしてくれる。

いつか令子さんにしたような、熱いキスを……。

千鶴の胸に嫉妬《しっと》の火が燃え上がった。——令子さんさえいなければ……。そうだわ、このナイフに令子さんの血を……。

千鶴はナイフを手に、『給湯室』を出た。——廊下を歩いて行くと、ちょうど、手洗いにでも行ったのか、令子が途中の角から出て来て、千鶴に気づかず、先へ歩いて行く。

令子の背中をじっと見据《みす》えて、千鶴は足を早めた。

令子が部屋のドアを開けた。千鶴は両手にナイフを構えると、令子の背中へからだごとぶつかって行った。

アッという短い声。——千鶴はハッと我に返って身をひいた。ナイフが目の前の令子の背中に深々と突き立っている。令子は崩れるように倒れた。

「令子さん……」

千鶴は呆然と立ちすくんだ。自分はいったい何をやったんだろう？　どうしてこんな所に立っているんだろう？

顔を上げると、室内にいた大宅、藤沢、誠二が凍《こお》りついたように、半ば立ち上がるように腰を浮かして——そして令子も……令子もいる！

千鶴は思わずよろけた。誠二が駆け寄って来て千鶴を支える。

「――じゃ、あの女は例の、替え玉?」

千鶴は、まだ夢を見ているような気分だった。大宅はうなずいて、

「そうだ。令子だと思わせて受付もフリーパスで通って来たわけだ」

「でも、なんのために――」

そこへ藤沢が額の汗を拭《ぬぐ》いながらはいって来た。

「いやあ、危なかったなあ!」

「どうだった?」

「あの包みの中身、なんだったと思います? 爆弾ですよ!」

みんなが思わず顔を見合わせた。

「この部屋の十個は楽にふっ飛ばせるそうです」

「じゃ、あの女は――」

と令子がいいかけると、大宅が続けて、

「きっと自分も一緒に死ぬ気だったんだな」

「驚いたな！」

誠二がふうっと息をついて、

「千鶴さんは命の恩人だよ！」

「今度こそ警視総監賞だわ」

「はあ……」

千鶴には、何がなんだか、さっぱりわからなかった。――ともかく、令子に肩を抱かれても、ちっともいやな気分にならなくなったのは確かであった。

「待って！」

と令子が何か思いついたようすで言った。

「いまの女が、あのまだ逮捕されていない教祖の命令でここへ来たとしたら、成功するかどうか、近くでようすをうかがってるかもしれないわ！」

「それもそうだな」

と大宅が立ち上がる。令子が、

「藤沢さん！　さっきの女の服を私に貸して！」

「ええ？　どうするんだい？」

「いいから早く！　血がついたところはなんとか巧《うま》く隠して！　早く！」

令子は、五分とたたないうちに藤沢がさっきの女の服を持って来ると、みんなの前でもいっこうに構わず下着姿になってそれを着込んだから、誠二は目まいがしそうになった。大宅が顔をしかめて、

「おい、令子！　人目を――」

「何いってるのよ。プロでしょ！　さあ行くわよ」

背中のところは似た色の布地を当ててある。遠くから見たのではわかるまい。

令子は警視庁の正面玄関を出ると、そこに立ち止まって、周囲を見回した。

交通量は多い。ひっきりなしに、あらゆる車が行き交《か》う。あの教祖の車がどれなのか、見当もつかないが……。

「もう逃げちゃったかな」

と呟いたとき、ふと、令子は大型の外車が一台、道の端をすべるように近づいて来るのに気づいた。大型の外車！　誠二の撮った写真で見た車だ！

車の窓から、突然、拳銃を握った手が突き出された。令子の反射神経の素早さがものをいって、道に伏せるのが一瞬早く、弾丸は頭上の空《くう》を切った。同時に、玄関わき

に隠れていた大宅と藤沢が車へ向かって発砲した。外車がキキーッと音をたてて飛び出したが、勢い余って、反対の車線へ突っ込んでしまった。

大型のトラッククレーンが、ブレーキをかける間もなく、外車の鼻先へ衝突、車は一回転して他のトラックにもろにぶつかった。ものすごい音とともに、車体がまるでブリキ板か何かのようにくしゃくしゃにつぶれる。そして一瞬ののち、激しく炎を吹き上げた。

「大丈夫か！」

誠二が駆け寄って来て、令子を抱き起こした。

「なんともないわよ、ご心配なく」

令子は平気な顔で手をはたくと、

「私はスーパーウーマンですからね！」

誠二は笑いながら令子の肩を抱いた。令子も、誠二の腕の中で、おとなしく身を任せている。

ふたりの後ろに立って、千鶴は、寂しいような、ホッとしたような気分であった。あのふたりは本当によく似合ってる。私の出る幕はなさそうね……。でも、構わない。

初恋はみんな片思いに終わるって決まってるそうだもの。私も人並みなんだわ！

「何もかも元のとおりだなあ」

誠二は伸びをして、いった。

「事件はかたづいたし、きみも都内の高校にもどって来たし、ぼくはまた売れないカメラマンだし、きみの好きな動物園にも一緒に来られたし……」

令子は、手すりに寄りかかって、キーキーと騒々《そうぞう》しい猿山のようすを眺めていたが、

「相変らず文脈が不統一ね」

「どうでもいいよ。きみさえいれば、ね」

「どうもありがとう。でもね、本当に何もかも終わったのかしら？」

「どういう意味だい？」

「本当に教祖はあの車に乗ってたのかしら」

「それは……でも、まさか……」

誠二は目をパチクリさせて、

「きみはまだやつが生きてると思うの？」

「ええ」

と令子はうなずく。

「もし、あの教祖は死んでいても、きっとまた別のだれかが出て来るわよ。――それを受けいれる人がいる限りは、ね」

「なるほどね」

令子は誠二の顔をじっと見つめて、

「誠二さん。ききたいことがあるんだけど……」

「なんだい？　結婚してくれるか、って質問なら答えはイエスだぜ」

「まじめにきくのよ！」

と令子はにらみつけた。

「わかったよ。なんだい？」

「あなた……あの崖から笠原先生が落ちたとき、先生の所へ行ったでしょう」

「うん……」

「そのとき、もう笠原先生は死んでいたの？」

誠二は一瞬、答えにつまった。

「そりゃ……まあ……そうでもないけど」

「息があったのね？」

「うん、少しはね」

「何か……何かあなたにいわなかった？」

「何か、って？」

「なんでもよ！　あなたにいい遺《のこ》したことはなかったかっていうの！」

令子はじりじりしたようにいった。

「べつに何も……」

「私、とうとうあの記憶を失っていた間に何があったのか、聞けなかったわ。死ぬ間《ま》際《ぎわ》に、もしかしてあなたに話したんじゃないかと思って……」

誠二は迷った。話すべきだろうか？　――あの教団の人間たちの自供から、あの事実がわかるのではないかとヒヤヒヤしていたのだが、結局、なんの話も出ずに終わって、ホッとしていたのである。

話しても、令子はしっかりした態度でそれを受け止めるだろう、と誠二にはわかっていた。しかし、いくら表向きしっかりしているといっても、彼女はまだ十六歳なのだ。あんな重荷を負うには若すぎる。そうとも、ぼくが――保護者たるぼくが、知っていればいい。

「彼女は何もいわなかったよ」

と誠二はいった。

「そう」

令子は半ばがっかりしたように、半ばホッとしたようにいって、また猿山のほうへ目を向けた。

「……きみにひとつ隠してたことがあるんだ」

と誠二はいった。

「なんなの？」

「これさ」

誠二はポケットから定期入れを出し、中から一枚の写真を抜き出して見せた。受け取った令子が見る見る真っ赤になる。

「これ……私のヌード……」

「出会いのときの写真さ」

「でも、あのフィルムは捨てたんじゃ――」

「せっかくの傑作をもったいないからね、別のフィルムを捨てたのさ」

「ひどいわ！」

令子は写真をめちゃくちゃに引きちぎると、

「ほかにもあるの？　ネガは？　ちょうだいよ！　この大嘘つき！」

と食ってかかる。

「ま、落ち着いて……ね、ゆっくり気をしずめて……」

「これが落ち着いていられるか、って！　この――」

誠二があわてて逃げ出す。令子は、

「待て！　この――泥棒！　痴漢！」

と叫びながら、あとを追いかけた。

他の見物客があっけに取られて、ふたりの追いかけっこを眺めている。猿山の猿も、しばし、エサをねだるのを忘れて、猿山の周囲をグルグル回っているふたりを見物していた――かどうかはわからない。

本書は２００４年11月岩崎書店より刊行されました。
なお、本作品はフィクションであり実在の個人・団体などとは一切関係がありません。

徳間文庫

幽霊《ゆうれい》から愛《あい》をこめて

2018年11月15日 初刷

著者 赤《あか》川《がわ》次《じ》郎《ろう》
発行者 平野健一
発行所 株式会社 徳間書店
東京都品川区上大崎三－一－一
目黒セントラルスクエア 〒141－8202
電話 編集〇三（五四〇三）四三四九
販売〇四八（四五一）五九六〇
振替 〇〇一四〇－〇－四四三九二
印刷 凸版印刷株式会社
製本 株式会社宮本製本所

ISBN978-4-19-894403-2 （乱丁、落丁本はお取りかえいたします）